書下ろし

# 合《あい》縁《えん》奇《き》縁《えん》

取次屋栄三《えいざ》⑭

岡本さとる

祥伝社文庫

# 目次

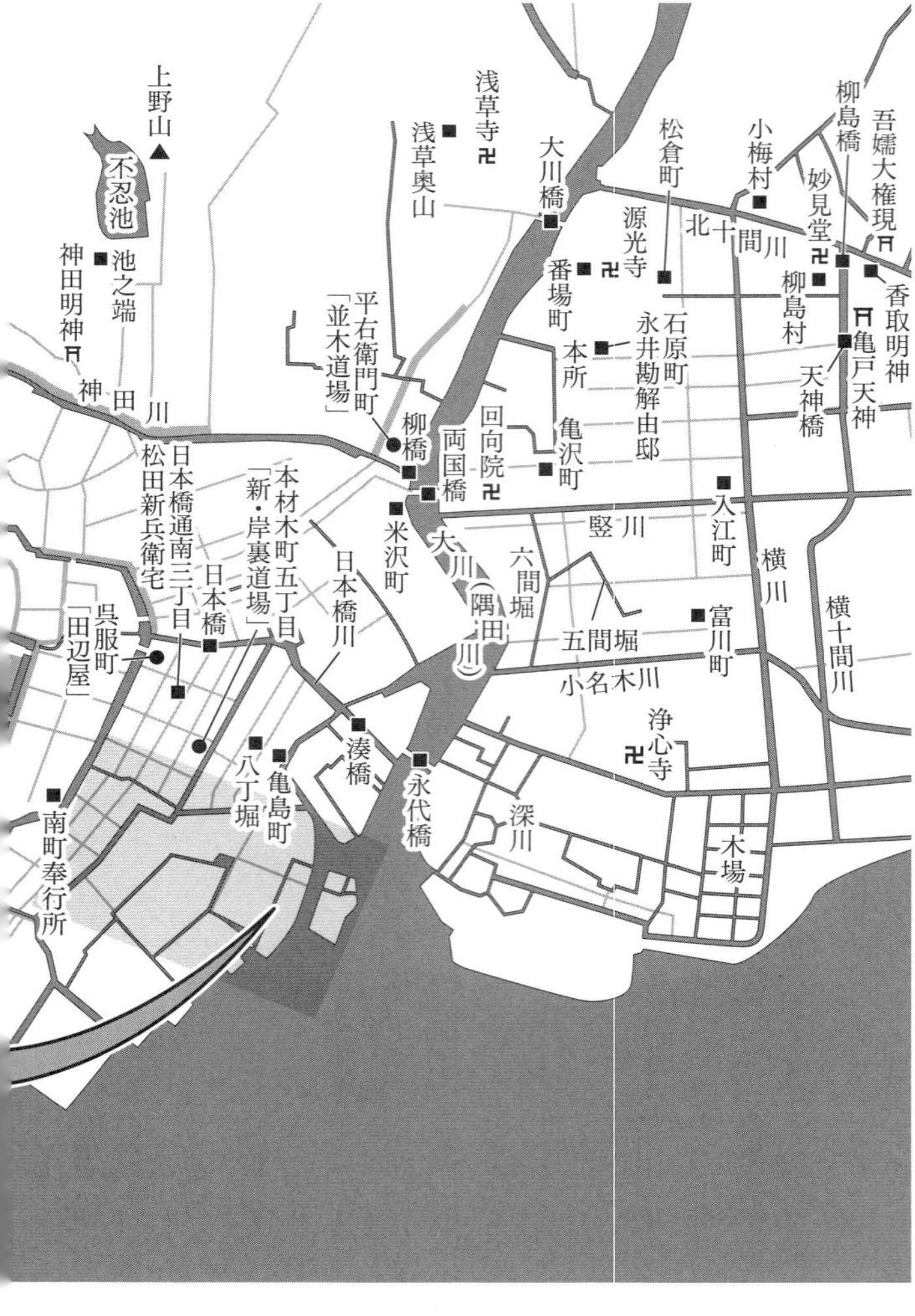

上野山
不忍池
神田明神
池之端
神田川
松田新兵衛宅
日本橋通南三丁目
日本橋
本材木町五丁目
「新・岸裏道場」
呉服町
「田辺屋」
南町奉行所
八丁堀
亀島町
湊橋
日本橋川
米沢町
柳橋
両国橋
平右衛門町
「並木道場」
浅草寺
浅草奥山
大川橋
大川（隅田川）
永代橋
深川
回向院
亀沢町
本所
番場町
源光寺
松倉町
石原町
永井勘解由邸
北十間川
小梅村
妙見堂
柳島橋
吾嬬大権現
香取明神
柳島村
亀戸天神
天神橋
入江町
竪川
六間堀
五間堀
横川
横十間川
富川町
小名木川
浄心寺
木場

# 『合縁奇縁』の舞台

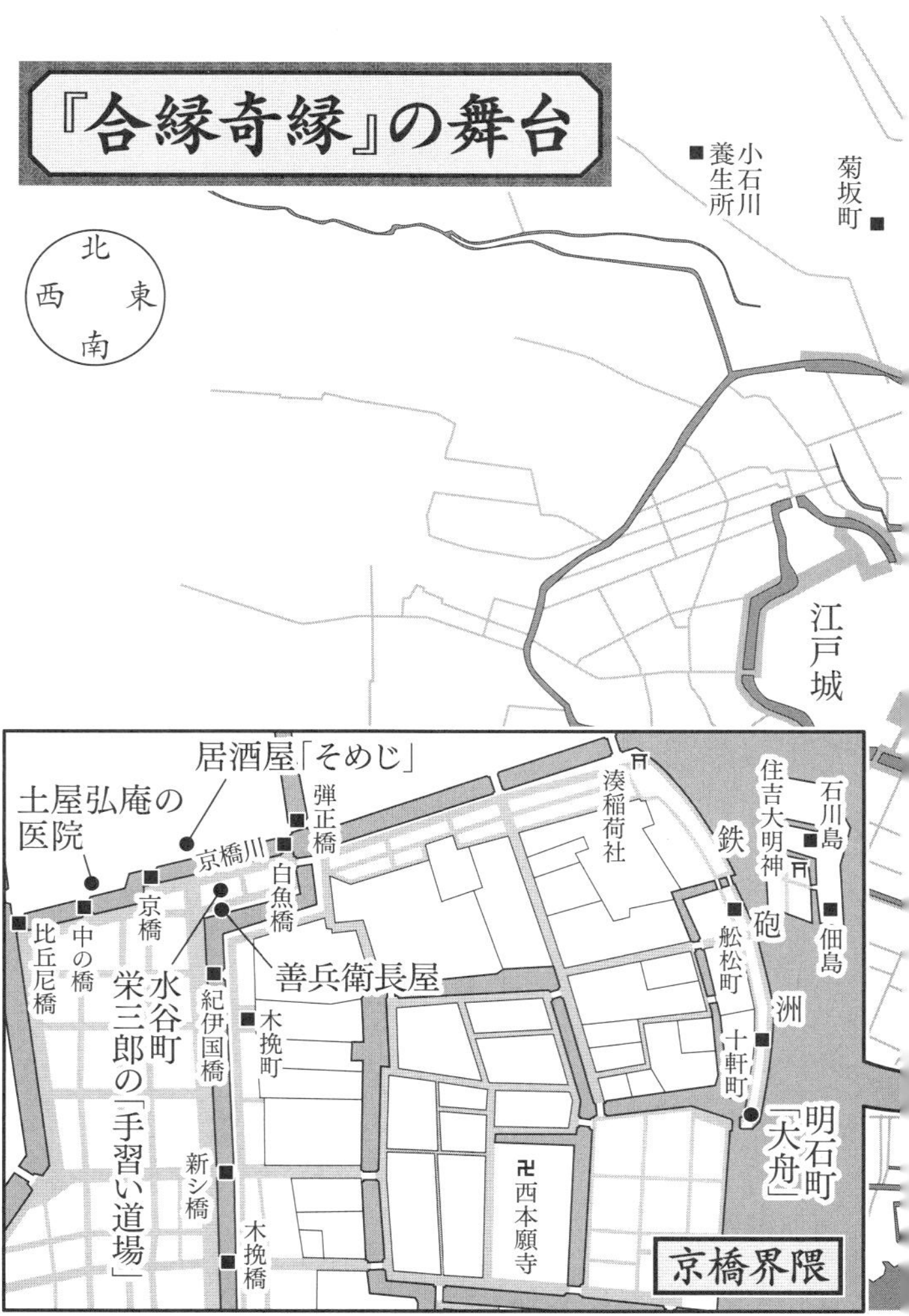

北
東
南
西
小石川養生所
菊坂町
江戸城
居酒屋「そめじ」
土屋弘庵の医院
弾正橋
京橋川
白魚橋
京橋
中の橋
比丘尼橋
水谷町
栄三郎の「手習い道場」
善兵衛長屋
紀伊国橋
木挽町
新シ橋
木挽橋
湊稲荷社
住吉大明神
石川島
佃島
鉄砲洲
船松町
十軒町
明石町
「大舟」
西本願寺
京橋界隈

# 第一話　女の意地

# 一

「おうおう、こんにゃく三兄弟、気合が足りぬぞ！」

秋月栄三郎《あきづきえいざぶろう》の叱咤《しった》が、十五坪《つぼ》足らずの狭《せま》い稽古場《けいこば》にこだました。

ここ、京橋水谷町《きょうばしみずたに》の〝手習《てなら》い道場〟は、子供達の手習いがすんで夕方となれば、手習い師匠である栄三郎が剣術指南と変じ、町の物好き達のために竹刀《しない》をとる。

門弟はというと、ここに住みついている雨森又平《あまもりまたへい》を筆頭に、裏の〝善兵衛《ぜんべえ》長屋〟の住人達が主であるが、忘れてはならないのが、勘太《かんた》、乙次《おとじ》、千三《せんぞう》――〝こんにゃく三兄弟〟である。

かつては、こんにゃく島の盛り場でよたっていた三兄弟であったが、秋月栄三郎との出会いによって、呉服《ごふく》町の大店《おおだな》・田辺屋宗右衛門《たなべやそうえもん》の許《もと》で働くようになってからは、馬鹿なりにまっとうに生きている。

主《あるじ》である宗右衛門が、この手習い道場の地主であり、大の栄三郎贔屓《びいき》であることから、三兄弟は宗右衛門の口添えを得て、足繁《あししげ》く剣術稽古に通ってきているのだ。

とはいっても、剣術の腕の方は、

「お前らは掛け声ばかりが立派で、体がついてきちゃあいねえよ……」

と、栄三郎を苦笑いさせる程度のものなのだが、今日はその掛け声さえもが控えめで、気合が足りぬと叱咤を受けているのである。

「勘太、乙次、千三……、店で何かあったのかい」

稽古が終ってからも、ぐずぐずとしてなかなか稽古場から立ち去らない三兄弟を捉《とら》えて、栄三郎は訊《たず》ねた。

「へえ、まあ、その……、何かあったってほどのもんじゃあ、ねえんですが……」

途端《とたん》に勘太がもじもじとした。

「何だそれは、いいから話してみろよ……」

馬鹿正直が態度に出る様子がおかしくて、栄三郎は笑いながらなおも問うた。

「へえ、まあ、あっしらのことじゃあねえんで……」

「栄三《えいざ》先生に、こんなことを言って好《よ》いのかどうか……」

問われて、乙次、千三も勘太に続いてもじもじとした。

「そんなら、そろそろ帰りな」

「聞いてくだせえよ！」

「三人一緒に言うんじゃあねえや。気になることがあるなら話してみろよ」

稽古場には、栄三郎と又平しかいなかった。

三兄弟は畏《かしこ》まりつつ、それから口々に話し始めた。

それは栄三郎にとっても、真《まこと》に〝気になる話〟であった。

このところ、どうも田辺屋の内で、主の宗右衛門と跡取《あとと》り息子の松太郎《まつたろう》が不和であるというのだ。

商人としての手腕も申し分なく、有徳人《うとくじん》である宗右衛門は、南町奉行・根岸肥前守《ねぎしひぜんのかみ》からも事ある毎《ごと》に相談を受けるほどの大人物である。

そして、それほどの男であるゆえに、跡取り息子である松太郎を厳しく育てたから、彼もまた、立派な商人として成長した。

歳《とし》は二十七。

手代の仕事から習い、今は家業の一部も任《まか》されて、奉公人達からの人望をも集めている。

何事に対しても探究を欠かさぬので、嫁をもらう間もなく家業に励《はげ》んできた松太郎を、宗右衛門は何かと叱《しか》りつけながらもかわいくて仕方がない様子であった。

もちろん、松太郎とて偉大な父を敬《うやま》い、慕《した》っているはずであった。

それが不和とは俄《にわか》に信じ難い。

「そいつはお前らの思い違いじゃあねえのかい……」

「いえ、そいつがどうもいけねえんでございます……」

勘太が唸《うな》った。

宗右衛門の覚《おぼ》えがめでたい三兄弟は、奥座敷の調度《ちょうど》の飾り替えなどをよく頼まれるので、宗右衛門と松太郎、末娘のお咲《さき》の姿に触《ふ》れることが多い。

それで、このところ松太郎が宗右衛門の居室を訪《たず》ねる姿をよく見かけるのだという。

「そうしますと、中から大旦那《おおだんな》の怒鳴《どな》り声なんかが聞こえてきましてね……」

「それからすぐに若旦那が部屋から出てきて、何てえか、おっかねえ顔をして……」

「溜息《ためいき》をついて、どかどかと廊下を歩いてお行きになるんでさあ」

勘太、乙次、千三は順番に語った。

「ほう、そんなことが……」

栄三郎は首を傾《かし》げた。

宗右衛門には何かというと酒の招きを受けている栄三郎であった。

つい三日前も、残暑厳しき折《おり》であるが、幸いにして茄子《なす》は食べ頃。塩もみで、焼いて、煮《に》びたしにして……。存分に味わいましょうと誘いを受け、大いに舌鼓《したつづみ》を打っ

たところであったが、

「そん時は、田辺屋殿にも松太郎殿にも会ったが、変わった様子は見受けられなんだがなあ……」

「へい。そこは大旦那も若旦那も、店の者にいらぬ気遣《きづけ》えをさせねえようにとなされておいでなんでしょうが、あっしらには気にかかるところで……」

勘太は、奥の事情を知っていることを誇らしげに言いつつ、

「とは申しましても、あっしらも、こんな話を誰にできるもんでもありやせんし、知らぬ顔をしていたのでございますが、やはり心配なものは心配でございまして……」

と、神妙に頷《うなず》いた。

「それでおれに話してくれたのかい。うむ、そいつはありがてえ、恩に着るぜ……」

栄三郎は三人の顔を見回しながら、にこやかに言った。

「へへへ……、恩に着るぜ……なんて……」

「あっしらも、聞いてもらってすっきりといたしやした」

「栄三先生なら何とかしてくださるんじゃあねえかって……」

秋月栄三郎に頰笑《ほほえ》まれると、大概《たいがい》の者は自然と顔が綻《ほころ》んでしまうが、栄三郎に心酔するこんにゃく三兄弟となれば尚《なお》さらである。

三人の顔はたちまちでれっとなったのだが、

「知らぬ顔をしているってえのも好《い》い分別だ。お前らもなかなかやるじゃあねえか。おれもこのことはお前らから聞いたとは言わずに、気にかけておこうよ」

さらにそう誉《ほ》められて、ますますでれっとなった。

こんにゃく三兄弟が帰った後、栄三郎は居間で又平が拵《こしら》えた、茄子の丸煮と、井戸水で冷やした奴豆腐《やっこどうふ》で一杯やりながら、ちょっとばかり物思いに耽《ふけ》った。

「田辺屋の大旦那と若旦那、いったいどうなっちまったんでしょうねえ……」

又平は、そんな栄三郎に努めて明るく言った。

栄三郎の物思いの意味が何となくわかるからである。

「何だかんだといっても、仲の好い父子《おやこ》のことですから、そのうちに収まるところに収まるでしょうよ……」

「まあ、そりゃあそうなんだがな……」

栄三郎は、こんにゃく三兄弟から話を聞いて、宗右衛門と松太郎の不和には、末娘のお咲が絡《から》んでいるのではないか——そんなことをふと思ったのである。

宗右衛門には三人の子がある。

一番上はお百合《ゆり》という娘で、もう十年も前に池之端仲町《いけのはたなか》に店を構える、袋物問屋

〝越前屋《えちぜんや》〟に嫁《とつ》いでいる。

そして二番目が長男の松太郎、末がお咲である。

娘を一人嫁に出し、お百合はうまい具合に男女一人ずつ子を生《な》し、外孫とはいえかわいい孫を持つ身となった。

松太郎はしっかり者に育ち、そろそろ嫁取りの話もあがっている。

となれば、聡明《そうめい》で器量好《きりようよ》しのお咲がかわいくて仕方のない宗右衛門であった。

お咲が栄三郎の剣友・松田新兵衛《まつだしんべえ》に恋い焦《こ》がれたものの、

「明日をも知れぬ剣客《けんかく》に女は無用」

と、どこまでも突き放され、

「それならば、松田様が没頭されている〝剣の心〟に近づくために、わたしも剣術を習います……」

などと、商家の箱入り娘としては信じられないようなことを言い出しても、宗右衛門は止めるどころか手習い道場への入門を後押ししてやった。

それは、秋月栄三郎と松田新兵衛それぞれの人物を気に入ったからであるが、新兵衛がお咲を妻にすることを拒《こば》む限りにおいては、かわいい末娘をいつまでも手許《てもと》に置いておけるという算段も見え隠れして、真に困った溺愛《できあい》ぶりなのだ。

だが、利《き》かぬ気で快活《かいかつ》な娘であったお咲は、新兵衛の心に触れていたいという想いで始めた剣術に、やがてどっぷりと浸《つか》ってしまう。

気楽流《きらく》・岸裏伝兵衛《きしうらでんべえ》の許で、剣術を相当修《おさ》めたものの、元は大坂《おおざか》の野鍛冶《のかじ》の倅《せがれ》である自分に武士の世界は向いていないと、今は町の物好き相手にお茶を濁《にご》す秋月栄三郎であった。だがそんな彼を本気にさせるほど、お咲には天性の剣才が備《そな》わっていたのである。

元より、自分を慕って商家の箱入り娘が剣術を始めたことに、どこか後ろめたさがあった松田新兵衛も、お咲の上達ぶりに驚き、自《おの》ずと指南する機会も増えた。

それによって、結果的には新兵衛を身近に引き寄せることが叶《かな》ったお咲ではある。

しかし、父・宗右衛門のように酔狂《すいきょう》や道楽を日々の暮らしに取り入れられるほどの余裕は、今の松太郎にはなかろう。

お咲をまともな商家の娘とはまるで異質に育ててしまった宗右衛門に、不満を抱いているとしてもおかしくはない。

宗右衛門にとっては愛娘《まなむすめ》であるが、松太郎にとっても血の繋《つな》がった妹なのだ。やがて自分が店を継《つ》いだ時、このお咲をどうしてやればよいのか――。

そんなことも考えているに違いない。

栄三郎にとってお咲は剣の愛弟子《まなでし》であり、剣友・松田新兵衛とは何としても結ばれてもらいたいものだと願っている。

頑《かたく》なな新兵衛の心も少しずつほぐれてきて、お咲をいとおしむ気持ちが日々強くなっていることが、親友の栄三郎にはよくわかる。

そんな折に、お咲のことで田辺屋父子に確執が生まれたと知れば、

「元よりこの身が望んだことではない……」

などと、頑固一徹《がんこいってつ》の気風を持つ新兵衛は、かえってお咲を遠ざけるようになるかもしれない。

それが栄三郎には、何とも気になるのである。

二

栄三郎の心配は的を射ていた。

「近頃、兄さんときたら、口うるさいったらありゃしないのですよ……」

こんにゃく三兄弟から、田辺屋宗右衛門、松太郎父子の不和を聞かされた二日後、手習い道場にお咲が訪ねてきて、彼女の方から栄三郎に父と兄の諍《いさか》いについて話をし

てきたのである。

ただ、お咲の物言いは深刻なものではなく、彼女独特の天真爛漫《てんしんらんまん》さに溢《あふ》れていた。

少々のことではへこたれないお咲の強さがはっきりと見え、栄三郎は少しほっとした。

松太郎がここ最近、宗右衛門の部屋を訪れては叱責《しっせき》を浴《あ》びせられているのは、宗右衛門の過剰なまでの〝剣術道楽〟を窘《たしな》めてのことであるそうな。

お咲は現在、手習い道場ではなく、栄三郎の剣の師・岸裏伝兵衛が本材木町《ほんざいもく》五丁目に構える稽古場で、剣術修行を続けている。

すっかりと強くなり、もはやお嬢様芸ではなくなったお咲を、栄三郎が岸裏道場に預けたのである。

岸裏道場の師範代を務《つと》めているのは松田新兵衛である。本格的に剣を学び、新兵衛との絆《きずな》を少しずつ深めていくには、ここで稽古をするのが何よりだと思い、栄三郎はお咲を得心させたのであるが、この岸裏道場が、宗右衛門と松太郎の諍いの原因となっているのだ。

それは栄三郎にも頷けることであった。

そもそも、この本材木町五丁目にある岸裏道場は、

「道楽が高じてこのようなものを建ててしまいました……」

と、田辺屋宗右衛門が去年の暮れに人知れず竣工《しゅんこう》させたものであった。

気楽流剣客・岸裏伝兵衛は、かつて本所番場町《ほんじょばんば》に稽古場を構えていて、秋月栄三郎も松田新兵衛もここで内弟子として暮らしていた。

それが、己《おの》が剣のさらなる修得を目指し、岸裏伝兵衛は俄に廻国《かいこく》修行の旅へと出た。その際、岸裏道場は閉鎖され、栄三郎達は剣客としてここから巣立ち、新たな人生を歩むことになった。

八年前のことである。

その間、紆余曲折《うよきょくせつ》を経《へ》て、市井《しせい》の中で町の衆と武家の間を繋ぎ、人と人との絆を結ぶことに己が剣の道を見出《みいだ》した秋月栄三郎は、やがて田辺屋宗右衛門と出会うことになる。

宗右衛門は栄三郎が築く人の輪の中に身を置く日々が楽しくて堪《たま》らなくなり、それは〝栄三道楽〟と化していく。

この数年は廻国修行に一定の成果を認め、江戸にいる日も増えた師・岸裏伝兵衛に、もう一度江戸に己が稽古場を開き、新たなる剣客としての地位を築いてもらいたい。

それが秋月栄三郎だけではなく、愛娘の想い人である松田新兵衛の願いでもあると知った宗右衛門は、栄三郎にその稽古場の普請《ふしん》を申し出た。

親しい間柄とはいえ、金銭の絡む付き合いはするまいと思ってきた栄三郎であったが、新・岸裏道場の誕生は、早ければ早いほど周囲の者を幸せにするはずだと確信して、この時ばかりは素直に宗右衛門の厚意を受けた。

稽古場普請は、岸裏伝兵衛の知らぬままに進められたが、栄三郎はこの稽古場を、かつての岸裏道場と寸分違《たが》わぬ造りにしてもらい、完成の後に松田新兵衛にまず見せ、さらに岸裏伝兵衛をここに連れてきて、岸裏道場の再興を願った。

「栄三郎、お前には負けた。その厚情、ありがたく受け入れよう……」

己が稽古場を持つことで、ふらりと旅に出る気楽さを失うのが嫌《いや》で、再び看板をあげるのをためらっていた伝兵衛も、弟子の強い想いに触れては拒絶することは出来なかった。

おまけに、栄三郎は伝兵衛がふらりと旅に出られるように、松田新兵衛が新・岸裏道場の師範代となることの約束を取り付けていた。

「なるほど、新兵衛がいてくれるならば……」

伝兵衛は栄三郎の思うがままに身を置くことを好しとしたのである。

これによって、栄三郎は岸裏道場の復活を果《はた》し、伝兵衛と同様に剣客として一所《ひとところ》に留《とど》まらぬ松田新兵衛をもここに落ち着かせた。さらに、この道場の家主である田辺屋宗右衛門の娘・お咲を伝兵衛の門下に加えることで、恋い慕う新兵衛の懐深くに放り込んだのだ。

栄三郎との縁で、既《すで》に岸裏伝兵衛とは顔見知りで、その人となりに魅了されていた宗右衛門は、栄三郎と二人で快哉《かいさい》を叫んだ。

「分限者《ぶげんしゃ》と呼ばれる商人は、江戸に何人もおりましょうが、わたしのような道楽を持ち合せている者はおりますまい……」

宗右衛門はしてやったりで、元気に岸裏道場に通うお咲を見て目を細めていた。

しかし、跡継ぎ息子の松太郎は、どうやらこれをよく思っていなかったようだ。

お咲が話すところによると――。

ある夜、宗右衛門の許を訪れた松太郎は、

「お父《とっ》つぁん、剣術の稽古場を建てるというのは大ごとじゃあありませんか。わたしに一言くらい声をかけてくれてもよかったと思いますがねえ……」

と、嘆《なげ》いて宗右衛門を苦笑いさせたかと思えば、

「今日、稽古場を見てきましたが、本材木町といえば日本橋《にほんばし》へ続く大通りからは東に

外れてはいますが、人通りの好いところです。あんな風に剣術の稽古場にしてしまうのはもったいのうございます……」

　また次の日は岸裏道場の様子を窺《うかが》ってきて、建てるにしても本所や向嶋《むこうじま》の鄙《ひな》びたところにすれば好いではないかと、詰《なじ》るように言う。

「まあそう言うな。わたしの身上《しんしょう》からすれば、あれしきの道楽はどうというものではない」

　宗右衛門は、息子に諫《いさ》められるようになった身も幸せではないかと、初めのうちはふくよかな体を笑って揺らしながら穏《おだ》やかに応《こた》えていたのであったが、

「あれしきの道楽はどうというものではない……。確かにお父つぁんくらいの旦那衆ともなれば、道楽のひとつないと恰好《かっこう》がつきませんし、それに商人は稼いでばかりではなく、そのお金を世間のために使わねばなりません……」

「そうです。わたしがいつも言っていることです……」

「しかし、お父つぁんはこうも仰《おっしゃ》います。お金がある時こそ気をつけないと、人は道楽を覚えてあっという間に身を滅《ほろ》ぼすものだ……」

「うむ、それも言った……」

「お店《たな》の主たるものは、何があっても身を滅ぼすわけにはいかない。何といっても、

奉公人とその一家の暮らしを支えているのだから……」

「それも言った……」

「だからこそ申し上げているのです」

「稽古場を建てたのはただの道楽ではない。岸裏先生からは店賃を頂戴《ちようだい》している
……」

「はい、月一両とお聞きしております。ちょっとした長屋一軒の店賃は千文《もん》……。あの辺りの土地であの広さで長屋の四、五軒分の店賃しかあがりませんとは、これはもう道楽としか申しようがありません」

「そのうちお弟子も集まれば、店賃も上げていただくつもりだよ」

「それならばたとえば南町のお奉行様のお口添えを頂戴して、お父つぁんがお弟子を集めてさしあげれば……」

「やかましい！　お前なんぞに言われなくとも、わたしも田辺屋宗右衛門だ。商《あきな》いも道楽もしっかりと心得ている。差し出口を挟《はさ》むではない！」

このような話の流れとなって、さすがに宗右衛門も怒鳴り声をあげたようなのだ。

父と兄を気遣うお咲に、宗右衛門は、

「松太郎め、このところ小癪《こしやく》なことを言うようになりよったが、なに、案じることは

ない。あの馬鹿息子も少しは大人になったということだ……」

　などと余裕の表情を見せて、一笑に付したが、松太郎はというと、

「お咲、お前が剣術などに狂うから、お父つぁんは家の近くに稽古場まで建ててしまったんだ。まったく嫁にも行かずに、いい加減におし……」

　などと辛《つら》くあたるのだという。

「まあ、田辺屋殿は、お咲が気にせぬように、笑ってすませているが、松太郎殿の言うことはもっともだと思っているのであろうな……」

　栄三郎は、新・岸裏道場創設に関しては、自分も宗右衛門と図って画《え》を描いただけに、内心忸怩《じくじ》たる想いがあった。

　何とか師・岸裏伝兵衛を一所に留め置いて、堅物《かたぶつ》である松田新兵衛の心をほぐし、愛弟子・お咲と引っつけてやろうと画策したことが、稽古場一軒を建てるまでに膨《ふく》らんでしまった。

　田辺屋の身代ならば、これくらいの合力《ごうりき》はわけもないことと思いつつ、今になってみれば宗右衛門に甘えていたと、いうしかない。

〝取次屋〟の看板を掲《かか》げて、市井の中で己が剣を究めたいと思う自分が、大店の主に剣術道場を建てさせるなど、ちょっと行き過ぎたことであったような気がする。

取次屋はもっと、金の力に頼らずに人と人を結びつけないで何とする――。

こんにゃく三兄弟から話を聞いて、何となく見えていた宗右衛門と松太郎の確執が、今、お咲によって明らかとなり、栄三郎はどうも気分が重たかった。

「でも、そんなことはよいのです！」

お咲は、兄の愚痴《ぐち》を恩師である栄三郎に聞いてもらいたくて手習い道場を訪ねたのだが、かえって栄三郎の心を煩《わずら》わせたと見てとり、明るく元気に言った。

「先生には、あれこれご面倒をおかけいたしますが、女だてらに剣術を始めようと思った時から、色々な覚悟はできておりますから、これも困った弟子のよまい言《ごと》だとお笑いくださりませ」

「そうか……。うむ、わかった」

栄三郎は、思い悩んだとて仕方がない、既に矢は放たれたのだと、お咲の屈託《くったく》のない笑顔によって我に返った。

お咲は尚も力強く言う。

「確かに、兄が言うのももっともなのです……」

分別がついてきた商家の跡取り息子が、二十歳《はたち》を過ぎたというのに嫁にも行かず、剣術に励む妹に苦言を呈《てい》するのは当り前のことですと、お咲は笑った。

「我《わ》が儘《まま》勝手なわたしのことですから、剣術使いのご浪人を好きになっても、剣術を始めても、長くは続くまいと思っていたのでございましょう」

それが、やめるどころかめきめきと腕を上げ、宗右衛門はそんな娘の後押しを止めずに、稽古場まで建ててしまったのであるから、何か言わずにはいられなかったのだ。

「兄もそのうち諦《あきら》めるでしょう。いえ、諦めていただきます！」

「ふッ、ふッ、ほんに厄介《やっかい》な娘だなあ」

「生まれつきでございます……」

「田辺屋の主殿も、しばらくは松太郎殿からあれこれ責められるのだろうな」

「大事ありません、お父《と》っさんは兄さんよりも、一枚も二枚も上手《うわて》ですから」

「そいつは違いない」

「ただ、倅にあれこれ言われて気が滅入《めい》ることもありましょうから、たまには慰《なぐさ》めてあげてくださりませ」

「わかった」

「兄には内緒で」

「それもわかったが、お咲はどうだ。気が滅入ってはおらぬかな」

「まったく大事ございません。今日、お話を聞いていただいて、もうすっきりといたしました」

お咲はしっかりと頷いた。

利口そうな黒目がちの目は、二十歳を過ぎて成熟した色香と、武芸者の鋭さが宿るようになってきたが、潑溂《はつらつ》とした愛らしい風情《ふぜい》は変わらない。

栄三郎は目を細めて、

「どうだ、励んでいるか」

「はい、何と申しましても、松田先生が毎日稽古場においでてでございますから」

「こいつめ、ぬけぬけと言ったな」

「先生には申し上げます」

「稽古相手が男ばかりでは辛いだろうな」

「いえ、時折《ときおり》は、留以《るい》さんにお手合せを願っております」

「留以さん……。おお、並木雄之助《なみきゆうのすけ》殿の妹御か、それはよいな……」

並木雄之助は、柳橋《やなぎばし》の北、平右衛門《へいえもん》町に稽古場を構える並木一刀《いっとう》流の剣客である。

その妹の留以もまた、女ながらに剣に励み、岸裏道場とは親交があった。

そもそも、女で剣を使う者など数えるほどしかいないのである。いざ剣を交《まじ》える相手となると男がほとんどゆえに、別段女同士で稽古をしたとていかほどのものでもない。

それでも、女が剣を続ける上での悩みや楽しみを持ち寄れば、少しは日々の稽古の厳しさも和《なご》むであろう。

お咲は着々と彼女なりに剣の道を歩んでいる。

聡明で愛らしいお咲ゆえに、父と兄がその身を想うあまりに言い争うこととてあろう。

彼女の剣の行き着く先に、松田新兵衛が夫となって待ち受けてくれれば好いものを……。

栄三郎は時の移《うつ》ろいを想い、やはり落ち着かぬのであった。

三

お咲は、秋月栄三郎を訪ねたことで無性に並木留以に会いたくなり、翌日に柳橋の北にある並木道場へと出かけた。

本材木町の岸裏道場には立ち寄って、師範代の松田新兵衛に許しはもらってある。

親しい間柄とはいえ、他流の稽古場を訪ねるのであるから、そのあたりはきっちりとしていた。

今年に入って、松《まつ》の内《うち》の明けるのを待ってから新・岸裏道場に移り住んだ伝兵衛であったが、半年ばかりは新たに入門してきた門人に稽古をつけたり、かつての弟子達が祝いをかねて指南を願いに来るので、その対応に忙しくしていたものの、それが落ち着くと旅の空が恋しくなったか、

「ちと、修行をして参る……」

と、言い置いてふらりと旅に出て、今は新兵衛が留守を預かっている。

現在、岸裏道場の門人は十人。

彼らは皆、かつては伝兵衛が出稽古を務め、今は新兵衛に受け継がれている旗本三千石《ごく》・永井勘解由《ながいかげゆ》の口利きで集まった若き武士達である。

いずれも旗本の子弟や家中の者なのだが、皆一様に、古株のごとき顔付きで日々通ってくる女剣士・お咲の姿に触れ驚いたものである。

しかも、男達の中に交《ま》じっても、まるで引けは取らない剣技に、きりきり舞をさせられていた。

お咲の自分への恋情を知りながらも、相変わらず一定の距離を取り続ける松田新兵

衛であるが、お咲の想いに応えてやれぬもどかしさを、晴らさんとしているのであろうか、お咲への剣術指南は念の入ったものである。

それがお咲の剣をますます上達させていたし、剣を通じて時を共に出来る日々を、お咲は楽しんでいた。

「並木留以殿のような娘御がいてよかったな。そなたにとっても励みとなろう」

新兵衛の物言いは、道場の師範代となったことで、近頃すっかりと老成の趣《おもむき》が出てきた。

気を利かせているわけではないが、伝兵衛はお咲の指南を新兵衛に任せている。

女ながらに剣術を学んできた経緯は新兵衛の方が詳しいゆえ、そうする方が好いと思っての仕儀《しぎ》であった。

お咲と相対すると、どこか物言いがぎこちなくなってしまう新兵衛も、剣を教えている時は話し口調が滑《なめ》らかとなる。

お咲も幸せな心地《ここち》となる。

「そなた……」

という響きに触れると、体中から嬉《うれ》しい気持ちが湧《わ》き出してくるのだ。

「それでは、学びに行って参ります……」

この日もほのぼのとした一時《ひととき》を経て稽古場を出ると、お咲は楓川《もみじがわ》の河岸《かし》を北へと向かい柳橋を目指した。

――わたしは、今のまま時が過ぎたとて幸せなのに。

お咲は溜息をついた。

兄・松太郎は、お咲を〝剣術狂い〟と叱り、嫁にも行かぬ身を嘆く。

女の行く道は自分では決められぬものなのか。

田辺屋宗右衛門という分限者が、金持ちゆえの道楽で娘を傍《そば》に置き勝手気儘《きまま》をさせている――。

今の自分は人にそんな風に思われていて、それを松太郎は恥ずべきことだと言うのであろうか。

たとえば貧困に喘《あえ》ぐ家に生まれ、誰の目も気にする間とてない境遇にあったとしても、女一人思うように生きられるなら、その方が幸せなのではないか。

お咲はそんな感慨に襲われた。

――こんなことを考えている身が、すでに苦労知らずのお嬢様なのだと、人は言うのであろうか。

まったくもって、

――留以さんが羨《うらや》ましい。

並木留以は、並木一刀流を創設した白雲斎《はくうんさい》の子として生まれた。白雲斎亡き後は、雄之助が一流を相続した。お咲と違って剣術をしたとて兄に咎《とが》められることもないし、女の身で剣を揮《ふる》うことに何の障害もない。

悩み多き娘の頃を過ぎても、お咲の心の奥底は千々《ちぢ》に乱れていたのである。

とはいえ、自問自答を繰《く》り返し、小首を傾げるお咲の姿は外目に愛らしい。

「外出《そとで》をする時は町の女であることを忘れぬように」

それが、父・宗右衛門の意向であり、相変わらず剣術の稽古場の外では町の女の装《よそお》いをしているお咲であった。

袖《そで》の長さは短くなったが、その分大人の色香が備わり、すれ違うと、道行く男達が思わず立ち止まってしまうほどに、日々お咲は美しくなっている。

並木道場では型を教わるつもりである。

手にするものは、錦《にしき》の袋に入れた木太刀《きだち》と、風呂敷《ふろしき》包みにした稽古着。

錦の袋は、中に木太刀が入っていると思われたくないので、三味線《しゃみせん》が収められているかのように見える工夫が施《ほどこ》されてあった。

そんな姿のお咲が訪ねてくるので、

「何用でござろう……」

お咲のことを知らぬ並木道場の門人は、初めのうちぽかんとした顔で応対に出たものだが、今はお咲を知らぬ者は一人もなく、

「おお、よう参られた。すぐに留以殿をお呼びいたそう……」

にこやかに応えてくれるようになった。

「お咲殿！　ささ、お上がりくだされ……」

この日もこんな調子で、知らせを受けた並木留以がすぐに稽古場の内より飛び出してきて、抱きつかんばかりにお咲を迎えた。

稽古場では、見所《けんじょ》にいる兄・雄之助が顔を綻ばせていた。

雄之助は、このところの留以とお咲の交誼《こうぎ》を、真に好ましく見守っていた。

去年の冬に、お咲と留以はここ並木道場で仕合に及んでいる。

そもそもは、雄之助と留以が、町角で不良浪人を懲《こ》らしめた松田新兵衛を偶然に見かけたことが発端であった。

新兵衛の素晴らしい剣技に魅せられ、言葉を交《か》わした後に、新兵衛の剣友・秋月栄三郎の許に、恐ろしく強い女剣士がいることを留以は知った。

この頃の留以は、

「男に負けてなるものか……」

とばかりに、女であることを捨て、ひたすら剣術を究めんと尖《とが》っていた。

それゆえ、町人の道楽で剣術を楽しむ、このお咲という娘の存在が許せなかった。

男にも引けを取らぬと稽古に励む留以にとっては、自分より強い女剣士がいるなどとは思いたくもなく、この相手を叩《たた》き潰《つぶ》してやりたいと心に期してお咲との仕合に臨《のぞ》んだ。

しかし柔《じゅう》よく剛《ごう》を制するお咲の剣に完敗して、留以は女として剣を学び、女だからこそ出来る剣術を磨くことが上達の近道であると察するに至る。

それからは、〝交剣知愛〟よろしく、お咲と留以はすっかりと仲好くなった。

今年に入って、松田新兵衛が岸裏道場の師範代となり、お咲もここに修行の場を移したことで、岸裏、並木両道場に親交が生まれ、女剣士二人は互いに稽古場を行き来して交誼を深めていたのである。

女を捨て、男にならんと剣術一筋に生きてきた留以であったが、元々が端整《たんせい》な顔立ちをしていただけに、お咲に感化されると見違えるほど美しくなった。

剣の腕も、

「男に負けるものか……」

という肩の力が抜け、実に柔らかな太刀捌《さば》きが身についてきた。

並木雄之助は、それゆえお咲のおとないを歓迎しているのだ。

「お咲殿、ゆるりとしていかれよ……」

雄之助は、稽古着に着替えて恭《うやうや》しく礼をするお咲に頬笑むと、稽古場の一角を空《あ》けさせて、留以とお咲が型の稽古を存分に出来るようにしてやった。

二人共に白の稽古着に藍染《あいぞ》めの綿袴《めんばかま》――。

かつては上下共に重厚な藍染めを身につけていた留以も、このところはお咲を真似《まね》て、もっぱら白を着るようになった。

今日は、留以が並木一刀流の型をお咲に伝授するのであるが、この二人が木太刀を構えて向かい合う姿は、並び咲く白百合《しらゆり》のごとき美しさで、男の弟子達は稽古中何度も窺い見ては、

「たわけ者が！」

と、雄之助に面をくらったものだ。

一刻《とき》（約二時間）ばかり二人で型の稽古をすると、雄之助自らが演武をして見せお咲にあれこれと剣の理《ことわり》を説《と》いた。

「本日も、学ばせていただきました……」

お咲は、また恭しく雄之助に座礼をしたが、

「いや、この次は面籠手《めんこて》を着けて、留以に稽古をつけてやってくだされい」

雄之助は、近々留以を岸裏道場にやるので、相手をしてやってもらいたいと頼んだ。

「近々、留以は仕合をいたさねばならぬことになりましてのう」

「仕合を……?」

お咲は目を丸くして傍の留以を見た。

「そうなのです。俄にお申し込みがありまして……」

留以は少し恥ずかしそうに応えた。

女の留以が仕合を望まれたとあれば、まず相手も女であろうが、自分と留以の他にも剣術に明け暮れる女の存在があったのかと、お咲は意外に感じた。

剣術に明け暮れておらねば、留以ほどの剣士に仕合を望むまい——。

「留以の噂《うわさ》を聞いて、何卒《なにとぞ》お手合せを願いたいとのお申し出でな。まあ、仕合と申しても、なかなか稽古相手が見つからぬゆえに立合を所望されたというほどのものでござるが……」

雄之助は事もなげに言った。

相手は黒木棉江《くろきわたえ》という渡《わた》り別式女《べっしきめ》であるそうな。

別式女とは、男子禁制の大名、旗本の奥向きに武芸をもって仕《つか》える女武芸者のことを言う。

男が入れぬ所にいて、主の妻子を守る女ならではの役目であるが、天下泰平の世にあって、別式女を雇わねばならぬ局面などそうあるとも思われない。

奥向きとて、その周囲は男の番士が警護しているわけであるから、そもそも別式女を置かねばならぬ状況にあることこそが問題であろう。

とはいえ、時に奥女中達に緊張を持たせるために武芸の稽古をさせたり、外出においての奥方や姫君の身辺警護などが必要になることもある。

それゆえ、渡り用人や、渡り中間《ちゅうげん》と同じく、渡り別式女として、棉江はなかなかに諸家で重宝されているらしい。

棉江の父は、旗本家の奥用人を務めていたのだが、主家が無嗣断絶《むしだんぜつ》となり浪人となった後にすぐに亡くなった。

同家で用人を務めていた近田善二郎《ちかだぜんじろう》なる武士もまたこの折に浪人となったのであるが、近田は算用に明るく、彼を渡り用人として雇う家も多かった。

近田は方々で辣腕《らつわん》を揮いつつ、かつての同僚の娘で武芸に秀でた棉江を、渡り別式女として売り込んでやった。

近田善二郎の信用が物を言い、そうして棉江は、次第に別式女として用いられるようになった。

しかし、己が武芸を鍛《きた》えるには稽古が必要である。棉江は方々で男相手に稽古を積んだが、女相手に稽古をしてくれる剣士は少なかった。

稽古というものは、自分より少し強いくらいの相手としてこそ、身の上達に繋がるわけで、女相手に立合ったとておもしろくはない。

その上に、女相手に後《おく》れをとったとなれば、自信の喪失を生み、世間からのそしりを受けかねない。

であるから、同じ女武芸者で、男に引けを取らぬ相手と手合せをしたいというのは棉江にとっては日々の願いであった。

やがて並木一刀流の道場に、師範の妹・留以がいて、なかなかに立派な剣を使うと知った。

それゆえに、立合をさせてもらいたいと近田を通じて言ってきたのだ。

物腰が柔らかく、事を分けて申し出る近田善二郎は、五十絡みの温厚な武士であった。

雄之助は彼に好感を抱き、留以に訊ねると、

「棉江殿のお気持ちはよくわかります。わたくしもこのような折はなかなかござりませぬゆえ、是非《ぜひ》お手合せをお願いしとうございます」

とのこと。

話は進み、五日後に棉江が並木道場を訪ねてくる運びとなった。

「松田先生には某《それがし》の方からもお願いしておきまするゆえ、頼みましたぞ」

まだ三十を過ぎたばかりではあるが、並木雄之助には道場師範の風格が備わっている。

穏やかな目を向けられると、お咲は剣士として認められた心地がして、

「留以さんにお越しいただきますのは、わたくしにとっても楽しみにございます」

お咲は即座に応えた。

「忝《かたじけな》い。ならばこの後は、あれこれと物語りなどしていかれるがよろしい……」

雄之助に勧められて、お咲はまた町の女の姿に戻ると、並木道場奥の留以の居室へ入って、女二人の会話にはしゃいだ。

武家の娘の留以とお咲との取り合わせは、傍《はた》から見ると不思議に映るが、剣を通じた友情に隔《へだ》たりはない。

話はもっぱら剣についてであったが、女同士は話が弾《はず》むと茶菓子で酔《よ》うらしい。

「その後、松田先生とは何かお話をなさったのですか……」

留以は、お咲の松田新兵衛への恋慕《れんぼ》を知っている。冷やかすように言った。

「残念ながら、剣術のお教えばかりなのですよ」

「あら、それはまたおもしろくありませぬ」

「よいのです……」

「よいのですか……」

「はい、言葉を交わすだけで幸せでございます」

「何やらじれっとうございますな」

「いいえ、毎日向かい合ってお話ができるようになったのですから、もう天に昇るような心地です」

「それはおよろしいこと」

「とは申しましても、近頃は兄が〝剣術狂い〟とわたしを叱ります。それが何ともよろしくなくて……」

「困りましたね」

「はい、まったく留以さんは、素晴らしいお兄様をお持ちで羨ましゅうございます」

「いえ、留以も兄上には叱られてばかりでございますのよ」

「まあ……」

「お前の剣には魂が宿っておらぬ……、などと……。まったくわけがわかりません」

「剣に魂が……？」

そうして二人の会話はまた剣に戻り、なかなか終りそうになかった。

## 四

約束の通り、並木留以はその二日後に、本材木町五丁目の岸裏道場を訪ねた。

お咲は嬉々《きき》としてこれを迎え、互いに面籠手を着けて立合った。

留以はめきめきと上達を見せ、新兵衛を感心させた。

「うむ。だが、まだやはりお咲の方に分があるな……」

この日は請《こ》われて稽古を見に来ていた秋月栄三郎が、得意そうに言った。

「新兵衛の教えが好いからだ」

栄三郎は今、新兵衛と並んで見所に座っていた。

「何を申すか。栄三郎の導き方がよかった。それゆえお咲は剣を好きになり精進《しょうじん》した……。おれは何もしておらぬよ」

いつものことながら、新兵衛は少し怒ったように応えた。

岸裏伝兵衛門下の相弟子である秋月栄三郎が、その剣の腕を市井に埋もれさせていることを、未《いま》だに松田新兵衛は無念に思っている。

旗本三千石・永井勘解由邸に出稽古に赴《おもむ》く新兵衛は、同じく永井家の奥女中達の武芸指南を務めている栄三郎の評判を耳にしている。

それによると、栄三郎の教え方は理《り》に適《かな》っていてわかりやすい上に、何よりも武芸場に出るのが楽しくなると、女中達は一様に言うそうな。

それを言うと、

「なに、そもそもが女相手のことだ。厳しい稽古をしたとて身につかぬし、日頃の奥勤めに差し障りが出てもいかぬ……。それゆえ、半分遊びのような稽古をして、気を引いているだけのことさ」

決まって栄三郎は笑って応える。

だが、女中達の武芸の腕は、小太刀にしても棒術にしても、確実に上がってきているという。

剣の腕では、新兵衛は栄三郎には負けずにここまできた。

しかし、これを教える段となれば、自分よりも栄三郎の方が一等上なのではないか――。

改めて、新・岸裏道場の師範代となってから、新兵衛はその想いを強くしていた。

栄三郎が、〝手習い道場〟という己が城を持ち、これを大事にするならばそれも好かろう。しかし、時折はこの稽古場に出て、恩師である伝兵衛の助けとなればよいものを。

そんな想いがよぎると、つい剣友に対して厳しい口調となるのである。

今日ここへ留以が来ることを告げ、

「栄三郎、必ず来て、二人の立合を観《み》るのだぞ。来ぬとみれば、おれが迎えに行くゆえにな……」

と、半ば脅すようにして栄三郎を連れてきたのも、せっかくの留以の来訪に対して、友の助言が欲しかったからである。

稽古が終って後、

「先生、お教えを賜《たまわ》りとうござりまする……」

などと留以に言われた時、自分よりも栄三郎の方が的確な評を下すに違いないと信じていたからだ。

しかし、友のそんな想いは初めからお見通しの栄三郎である。

あくまでも師範代である新兵衛を立て、自分は岸裏伝兵衛の弟子で、今日はたまさか見物をさせてもらっているという姿勢を崩さない。

「やはりお咲はここへ預けてよかった。まるで生簀《いけす》を出て、大海へと泳ぎ出した魚のようだな。うむ、留以殿も好いではないか、はははは……」

などと、どこまでも見物人の域から出ず、親交は大事に続けていくが当道場に深入りはしないという意思表示で返してくるのだ。

どうせこういう時は、

「どうだ栄三郎、たまには歯ごたえのある若い連中に稽古をつけて、好い汗をかかぬか」

と言って誘ってみても、

「好い汗だと？　とんでもない。今のおれじゃあ冷や汗をかくのがいいところだよ……」

などと笑ってごまかすのであろう。

栄三郎の裏の顔である〝取次屋〟が、人々の役に立っていることは認めざるをえない。

かつては、〝取次屋〟をいかがわしい内職であると決めつけ、

「人助けというものは、商売ではなかろう」

と、堅物ぶりを見せていた新兵衛も、

「人助けにかかる銭を、人助けで稼ぐのさ……」

という栄三郎の真意が、今では理解出来るようになっていた。

だがそれでも、十五年もの間共に修行に励み、剣術への熱い想いを語り合ってきた友である。

もう一度しっかりと正面から剣術に向かい合ってもらいたいと想うのも人情ではないか。

「うむ、好い立合を見物させてもらった」

栄三郎は新兵衛の想いをよそに、お咲と留以の立合を無邪気《むじゃき》に楽しんでいたが、そのうちに、

「新兵衛、お咲のことは、何卒よしなに頼む……」

やがて、神妙な表情を浮かべてぽつりと言った。

「むっ……」

新兵衛は苦い顔で栄三郎を睨《にら》むように見たが、――お前の気持ちはすべてわかって

いる。そしてその厚情には心より感謝しているが、おれにはおれの目指す剣がある、どうか見守っていてくれぬか。

栄三郎の目に込められた意味は友ゆえに瞬時に伝わる。

「わかった……！」

新兵衛はまたしても怒った声で言った。

――言っておくが、お咲は友であるおぬしから預かったゆえに、剣はできる限り仕込むが、お咲を嫁にすることは、おぬしの思い通りにならぬぞ。

という意思を目に込めて。

友には自分の想い描く男であってもらいたいと人は願うものだ。だが、それが互いの想いとぴたりと重なるとは限らない。いや、むしろ重ならぬことの方が多いのが、この世の難しさなのであろう。

――やれやれ、困った奴だ。

そう思うのは栄三郎とて同じであった。

ひたすらに剣の道を究めたい松田新兵衛は、生涯浪人でいると日頃から口にしている。

そうであれば、町場から妻を得たとしてもよかろう。

ましてや相手は富商・田辺屋宗右衛門の末娘なのである。身分の垣根など無いに等しいし、お咲は新兵衛を慕い、その妻に相応《ふさわ》しい器量と剣の腕前を身に備えている。

ひたすらに剣の道を究めたいがゆえに、妻をも娶《めと》らぬという気持ちはわかるが、新兵衛は類稀《たぐいまれ》なる剣才を持っている。その血を後世に残すのも人としての務めではないのか。

新兵衛が気持ちを固めさえすれば、お咲はそれで幸せになれるというものを――。

秋月栄三郎と松田新兵衛は、お咲と留以の立合を、それぞれの想いを胸に眺《なが》めていたのである。

「えいッ！」

お咲は、面から小手、小手から胴へと、変幻自在に技を繰り出す。

「やあッ！」

辛《から》くもこれをかわして留以も技を返すが、面の中の目はにこやかに笑っていた。

立合いながら、お咲の華麗なる太刀捌きに触れて嬉しくなってきたのである。

今の留以には、同じ女に負けてなるものかという気負いはない。同じ女の身でこれほどまでの技が出せるなら、自分にもまだまだ剣の道が開かれていると喜べるようになっていた。

それも相手がお咲であるから尚さら楽しい。

お咲の剣には、人をわくわくとさせるものがある。人間の生死の狭間《はざま》で向かい合い対決する剣術には、ある種の暗さが付きまとうが、純粋に剣術を楽しむお咲の剣は滅法《めっぽう》明るい。

「はッ、はッ、見ろ、相変わらずお咲の剣は若菜摘《わかなつ》みや、潮干狩をしている子供のようにに無邪気ではないか……」

栄三郎は目尻を下げた。

「あのような剣を使われると、思わず調子に乗せられて、やり辛いであろうに、留以殿は共に楽しんでいるような……。大したものだと思わぬか……」

そして二人の立合を真に楽しそうに見ている栄三郎をちらりと見て、

――昔のお前の剣があれであった。

新兵衛はそう言いかけて言葉を呑《の》み込んだ。

「とうッ！」

その時、留以の鮮《あざ》やかな面がお咲を捉えたのだ。

「それまでといたそう」

新兵衛は、存分に稽古が出来たであろうと、二人の立合を止めた。

お咲も留以も満足そうに防具をとり、汗みずくの顔を拭《ぬぐ》うと、見所の前で畏まった。

「ありがとうございました。何卒ご教授のほどを……」

留以が新兵衛と栄三郎に教えを請うた。

以前、並木道場でお咲と留以が仕合をした時、栄三郎は新兵衛と共にお咲の付き添いをしていた。

その折、男になろうとするから上手《うま》くいかないのである、女はどうしたって男になれないのであるから、女を捨てず、女の特性を生かして剣の修行をすることが上達の近道であると説いたのは栄三郎であった。

これには兄・雄之助も感じ入り、以後は留以も栄三郎の教えを戒《いまし》めとしてきた。

それ以来、留以の剣の上達はなかなかのものとなったのであるから、渡り別式女・黒木棉江との仕合を控えた今、留以が栄三郎を仰ぎ見る目の力は強かった。

剣の評価を明瞭《めいりよう》に下せぬ松田新兵衛ではないが、女の剣術についてはどうもうまく語れない。

女剣士に限らず、女というものは、誉めるところと厳しく突き放すところの割合が、男のそれとは違うからだ。

堅物で剣一筋の松田新兵衛が、そのあたりの機微《きび》を察するようになったのは、一時離れて暮らしていた日々を経て、この数年、栄三郎と密接に関わるようになってからの賜《たまもの》であった。

——まず栄三郎、おぬしから教授せよ。

やはり栄三郎を呼び出してよかったとばかり、新兵衛は涼《すず》しい顔をして栄三郎に水を向けた。

これに対して栄三郎は、少しは要領の好さが身についてきた新兵衛を頰笑ましく思いながら、留以に向き直った。

「留以殿、少し見ぬ間に随分《ずいぶん》と上達をなされたようだ。聞くところによると、別式女を務めるお人の稽古相手になってさしあげるとのことだが、今お咲と立合《たちお》うたようにお楽しみなされればよろしい。まあ、相手は渡り別式女でござる。あまり叩き伏せては飯の食い上げになっても気の毒だ。そこのところは手心を加えておあげなされ……」

栄三郎は、勝利にこだわらず淡々《たんたん》として仕合に臨めばいいのであると、留以の肩の荷を降ろしてやろうとしたのだが、

「栄三郎、真面目《まじめ》に物を言わぬか。仕合の相手に手心を加えるとは言語道断。精一杯の力をもって相対するのが相手への礼儀であろう」

新兵衛が異を唱えた。

「堅いぞ新兵衛……。おれは、怪我《けが》のないようにという意味で言っているのだよ」

人に教授させておきながら面倒なことを言う奴だと、栄三郎は少しからかうように言った。

「怪我のないようにだと。怪我を恐れていては剣術などできぬ」

「そうはいっても、怪我をしてしまえば別式女の勤《つと》めに支障が出るではないか」

「剣に向き合う者は、そういう覚悟ができておらねばならぬ」

「ああ恐い恐い、だからおれは剣術などしたくないのだよ……」

栄三郎は、ちょっとおどけて見せた。留以への助言そっちのけで、言い争いを始めた二人を見て、留以はお咲と共に吹き出してしまったが、

「これは失礼いたしました。それならば、怪我も厭《いと》わぬ覚悟をもって、仕合を存分に楽しみとうござりまする……」

と、すぐに座礼をした。

残暑はまだ厳しいが、今日は風が出ている。

開け放たれた稽古場の窓や戸から吹き込む風の心地よさに、うっとりと目を閉じるお咲は、いつか留以と自分も栄三郎と新兵衛のような間柄になれたら――心の内でそ

んなことを考えていた。

五

それから三日の後。

お咲はまた並木道場を訪ねた。

この日に行われる、留以と渡り別式女・黒木棉江の仕合を観るためである。

岸裏道場で留以と稽古をした後、秋月栄三郎は本材木町から田辺屋のある呉服町まで送ってくれた。

その道中はほんの僅《わず》かな距離であるのだが、栄三郎はお咲と少しでも話をしておきたかったのだ。

剣客風の男と町の女の二人連れが、あれこれと話しながら歩く姿はいささか異様であるが、栄三郎もお咲もそんなことはまるで気にしない。

元来がよく喋《しゃべ》る二人であるから、男女の嗜《たしな》みも忘れ、ほとんど真横に並んで歩きながらあれこれ語り合った。

栄三郎は、お咲の剣才を本格的に伸ばしてやろうとして岸裏道場に預けはしたが、それをお咲の兄・松太郎が快く思っていないことに気付いていなかった。

人情の機微に聡《さと》い栄三郎にしてみれば、痛恨の極みであった。

「松太郎殿は、あれから何か申されているか」

聞いたところでどうなるわけでもないが、栄三郎は訊ねずにはいられなかったのだ。

成人して嫁に行かず男を慕うがために剣術を始め、これに明け暮れるなど、商家の娘に許されるものではない。

稽古事の合間に家業を助けねばならないお咲であったが、両立出来ているのか——そのあたりのことがやはり気になっていた。

「相変わらず、顔を合わす度に〝剣術狂い〟と申しますが、わたしもひとつ言い返す言葉を決めておりまして」

お咲の口調はやはり明るい。

「ほう、何と返すのだ」

「お気に召《め》しませぬのなら、お父っさんにお願いして勘当《かんどう》していただきましょう、と」

「そいつは言い過ぎだ」

「でもよいのです。いざとなれば何をしでかすかわからぬ咲でございますから」

「ふッ、ふッ、決して宗右衛門殿に甘えてばかりのお咲ではないか……」

「はい。わたしはもうか弱い箱入り娘ではありませんし、店の帳場のお手伝いもつつがなくこなしておりますから、小言を言われる覚えはないのです」

お咲は澄まし顔で言ってのけた。

やや高慢《こうまん》な物の言い様も、お咲の口から発せられると、何やら爽快《そうかい》でさえある。

「考えてみれば、まだ剣術を始めて五年も経っておらぬというのに、お咲は大したものだな」

「大したものでございますか？」

「ああ、今日の稽古で、留以殿に絶妙の間で一本譲《ゆず》ったが、あれは練達《れんたつ》の士のすることだ」

「これは……、見すかされておりましたか」

「ああ、これでも気楽流の印可を受けた身だからな」

「では、松田先生にも……」

「むろんわかっていただろうよ。新兵衛の奴、仕合の相手に手心を加えるなど言語道断……、などと言いながら、お咲が留以殿を力付けようとしている想いには心打たれたようだ」

そして栄三郎は、

「お咲の気持ちも、お咲がどれだけ好い女かということも、新兵衛はようくわかっているから、あ奴のことは許してやっておくれ。あの男の頭の中は、きっとお咲をどうしてやれば好いのか……。それであふれているはずだ……」

そう言い置くと、水谷町へと戻っていった。

その言葉を心の内で何度も繰り返しながら、今お咲は柳橋へと向かっている。

今日の装いは万事が地味めで、武家屋敷で下働きをしている奉公人のようにも見える。

これもまた、宗右衛門の日頃の戒めによる。

本来ならば町家の女が行けないような所も、田辺屋の娘であるゆえに、お咲は相《しょう》伴《ばん》する機会に恵まれる。

だが、こういう時こそ、人目につかぬようそっとその場にいることが大事であると宗右衛門は言う。

当り前でないものを、当り前のように思ってはいけない。それが人間の慢心を呼ぶ何よりの元凶である。それが田辺屋の家訓となっていた。

それゆえ、お咲は少し早めに並木道場を訪ね、留以を激励した後黒木棉江の来着を待ち、そっと廊下の端《はし》で仕合を観るつもりであった。

自分はまだ町家の者が剣術をかじっているに過ぎないのだから、棉江に紹介されることなど畏《おそ》れ多い。そうさせてもらいたいと、既に並木雄之助に願い出ていた。

たとえ棉江がお咲の存在に気付いても、並木道場の奉公人が、そっと観せてもらっているのであろう――。

そんな風に思ってくれることが幸いであったのだ。

「左様《さよう》な気遣いなどいたさずに、場合によっては、仕合の後に稽古など共にしてもらえばよいものを……」

雄之助はそう言いつつ、お咲の心得に感じ入り、

「それならば、まずお気のすむようになされよ……」

と、申し出に応えてくれた。

そうして、やがて柳橋を渡り稽古場に入ったお咲を、

「お咲殿が見ていてくださるだけで、心が落ち着きます……」

大いに歓迎してくれた留以であったがその穏やかな様子を見て、お咲の胸に一抹の不安がよぎった。

雄之助は、その不安を見抜いていて、

「妹は近頃女らしゅうなって、仕合に臨む時の傲岸《ごうがん》がなくなり申した」

と、笑ってお咲に言った。

なるほど、雄之助の言う通りだった。以前、お咲が留以と仕合をした時は、ふてぶてしくさえあった彼女の態度はそこにない。

万事が控えめで、男に引けは取らぬとうそぶいていた野獣のごとき目の輝きがなかった。

それゆえ、力が余って隙《すき》を衝《つ》かれるようなことはあるまいし、女らしくやさしげな風情を身につけたのはよいが、お咲にはそれが少しばかり頼りなく思えたのである。

隙もないかわりにどこまでも相手を打ち崩す迫力も同時に消えていては仕方があるまい。だが、留以とて一旦《いったん》竹刀を手にすれば、彼女独特の気合がみなぎるに違いない。

先日、岸裏道場を訪れた時も、お咲の気合にはまるで後れをとっていなかった。最後に一本を譲ったが、その時のお咲に決めた面の手応えに、今日は気も好くしているはずであった。

体馴《な》らしに素振りをくれる留以のたくましい姿を見るうちに、お咲の不安は消えていた。

そして、並木道場に黒木棉江がやってきた。

下げ髪に白い帷子《かたびら》、袴を着したその姿は男のように背が高く、顔も体も骨張っているように見えた。

目は細く、鼻は丸く、唇は厚い――。お咲と留以と比べると、甚《はなは》だその器量は劣《おと》っていた。

「この度《たび》は御無理を申しました……」

恭しく礼を述べたのは、付き添いの近田善二郎であった。

近田はもう一人付き添いを連れてきていたが、これは堀池理助《ほりいけりすけ》という棉江の剣術の同門の士であるそうな。

棉江も堀池も、近田の後ろで、彼の挨拶《あいさつ》に従って座礼をしていたが自らは語らず、

「棉江にござりまする。力が余りました折は何卒御容赦《ごようしゃ》のほどを……」

棉江は、いざ仕合に臨む段になって見所にいる雄之助と、相対する留以に声をかけた。

女にしては太く重たい声で、ただ剣をもって諸家を渡り歩く別式女の凄《すご》みがそこにあった。しかし、その物言いは実に丁重なもので、

「留以を稽古相手に見込んでくだされたとのこと、痛み入り申す。余すことなく、力の限り立合われるがよろしかろう」

雄之助は神妙に言葉を返した。

「棉江殿、よろしゅうござったな……」

近田は横合から、にこやかに声をかける。

このところは老齢となり、自らは渡り用人稼業からは身を引き、もっぱら仲介を主にしているという近田であるが、苦労人らしく話す言葉にそつがない。

「あれこれと、お騒がせ申しますゆえに……」

今日の仕合を迎えるまでに、菓子折に二分《ぶ》の金子《きんす》を迷惑料として添えて並木雄之助に届けていたのも念が入っている。

「忝《かたじけの》う存じまする……」

棉江は再び座礼をすると、着替えることなく、その場で襷《たすき》を十字にあやなし、それへ持参の防具を身に着けた。

白の帷子を汚すことなく、防具は面、籠手、胴、垂《たれ》とすべて白の拵えであった。

そこには、別式女として奥向きにて剣を揮うという決意が込められているのであろうか。

廊下の端でこれを見るお咲は目を奪われた。

この場に秋月栄三郎がいたら、棉江を見て何と評したであろうか。

留以はただ無言で、自らも防具を身に着けて、稽古場の中央へと出てこれに相対した。

その時、お咲は心の内で叫んでいた。

――留以さんは、おみ足を痛めてらっしゃる。

お咲の目に留以が左足を僅かに引きずっているように映ったのだ。

稽古場にきて留以を見るに、その落ち着き様にどうもしっくりこないものを覚えたのはそれゆえのことであったのだ。

恐らく、体馴らしに朝から並木道場の門人相手に稽古をしたところ、足首を痛めたのであろう。

男相手に稽古をすると、当りが強いので時に踏ん張った足を痛めることがある。女のお咲にはそれがわかるのだ。

だが、そんなことを明かせば、大事の仕合前に不調法をしでかしたことになるし、相手の棉江にも申し訳が立たない。

ここは痛みを堪《こら》え、何とか仕合をやり遂《と》げたいと思っているのに違いない。

妙に落ち着き払っていたのは動揺を悟られまいとしてのことであったのだ。

お咲は稽古場に出て、それを留以に確かめたかったが、今日はあくまでもそっと観るつもりでいるから、町家の女の姿では到底稽古場へは出られなかった。

――何とか無事に終りますように。

お咲は瞑目《めいもく》した。

痛めたと思われる足の状態が大したことがないように、そして同じ女剣士として棉江がそれに気付いてくれるようにと祈った。

並木雄之助は、まるで気付いていないように見えたし、気付いていたとて並木道場の意地において、わざわざ訪ねてくれた黒木棉江を落胆させることは出来まい。

審判を務めるのは、去年、お咲と留以が仕合をした時と同じく並木作右衛門《さくえもん》。並木兄妹の亡父・白雲斎の実弟である。

「勝負は三本といたそう。二本取った方が勝ちでござるが、今日の仕合は稽古に同じと伺《うこ》うてござる。勝ちが決まったとて、もう一本続けられるがよろしい……」

剣術への造詣《ぞうけい》が深く、老境に入った作右衛門が話すと稽古場の空気が和んだ。

雄之助は、大袈裟《おおげさ》なことにならぬよう、特に今日のことは門人達に伝えていなかった。

それゆえ、仕合を見守るのは双方合わせて十人ばかりで、見た目にはほのぼのとした風景であったが、廊下の隅《すみ》にいるお咲は緊張に包まれていた。

「畏まりました。どうぞよしなに……」

作右衛門に応えた棉江は、その時一瞬、留以の左足に目をやった。

彼女は留以の異変に気付いたのかもしれないと、お咲には思えた。

だが、棉江がそれをどう捉えたかまではわからぬうちに、

「いざッ！」

と、留以が大音声《だいおんじょう》を放って竹刀を構えた。

留以にとっては、足の異変を悟られまいとしてのことなのかもしれなかった。

「それッ！」

仕合が始まった上からは、棉江も掛け声を返して、青眼《せいがん》に構えた。

その気合は十分で、留以より一回り大柄な棉江が、真白き防具に身を包み、じりじりと間合を詰めると留以は堪え切れずに、間合を切らんと相手の竹刀を手首を返して払いのけ、すっと退《さ》がったのだが、

「えいッ！」

そこへ、棉江はためらうことなく喉《のど》への突きをくれた。凄《すさ》まじい突進であった。

留以はこれを見事にかわしたが、回り込んだところを棉江は間合を切らずに肘《ひじ》を張り出し、そのままぶつかった。

足の痛みが災《わざわ》いしたのであろう。留以は棉江の体当りをまともに食らって体勢を崩した。

そこへ、棉江は強烈な連続打ちを仕掛け、後手に回った留以が技を返そうとしたところへ、出合い頭の面を決めた。

——何と無慈悲な。

お咲は棉江の仕打ちに憤《いきどお》った。

棉江は留以の足の様子をわかっていたはずである。手加減しろとは言わぬが、間合を切って打ち合いに持っていくこととて出来たであろうに……。

だが、お咲の怒りはさらに募ることになる。

「一本！」

作右衛門が棉江の技を認めて扇をかざしたというのに、棉江は尚も小手から面を攻め、追い打ちをかけるかのように体当りをくれたのである。

もはや痛めた足では踏んばれず、留以はそのまま仰向《あおむ》けに倒れ、後頭を床に打ちつけ気を失った。

「それまで！」

作右衛門は仕合を止めたが、その声は怒気をはらんでいた。

ここで初めて棉江は、

「これはご無礼をいたしました。力が余って、先生のお声が耳に入りませなんだ……」

とばかりに畏まった。

「これ、いくら力が余ったとて、留以殿にお怪我をさせるとは何事でござるか」

横合から近田善二郎が棉江を窘めたが、その隣の堀池理助なる武士は、棉江の腕に満足したのかしっかりと頷いている。

「申し訳ございませぬ……」

棉江は素直に詫《わ》びると、門人達によってそっと運ばれる留以を心配そうに見ていた。

しかしそれは体裁《ていさい》で、その実棉江は勝ち誇った目をしているようにお咲には思えた。

「いや……」

見所の雄之助はさすがに剣一流の師範である。

顔色ひとつ変えずに、

「せっかくお越し下されたと申しますに、まるで相手にもならず、不調法をいたしてござる……」

淡々と応えた。

仕合を観れば、留以が足を痛めていたこともわかったであろうし、雄之助にとって棉江の今の仕合ぶりは、力が余ったと言うが、勝ちを誇り、相手の怪我など慮《おもんぱか》りもしない、真に心地の悪いものであったはずだ。

しかし、仕合前に足を痛めたのは妹・留以の不覚であるし、

「余すことなく、力の限り立合われるがよろしかろう……」

と、仕合前に言った手前もある。

付き添いの近田善二郎も、棉江を窘めたのである。ここは黙って棉江を送り出すしかないと雄之助は思っているに違いない。

その想いがお咲には伝わってきたが、元より持ち合わせている利かぬ気が、ついに彼女の体の中で爆発した。

「お待ちなされませ……」

気がつくと、お咲は町家の女の姿のまま稽古場へ出て、棉江を呼び止めていた。

「そなたは……？」

棉江は並木道場の奉公人風情が何事ぞと、嘲《あざけ》りの目でお咲を見た。

「咲と申しまして、留以さんとは親しゅうさせていただいている者にございます」

「ほう……、ご当家の人ではなかったか……」

「はい、時にお稽古をさせていただいております」

「ほッ、ほッ、そなたも剣術をなさるか、それはよい……。して、何かご用かな……」

棉江の嘲笑《ちょうしょう》を受けて、お咲の血が騒いだ。日頃は万事控えめにしていても、江戸有数の呉服店・田辺屋の娘である自負がある。町の女の意地がある。

雄之助が制しようとしたが、こうなると止まらないのがお咲である。

「貴女は、留以さんが、おみ足を痛めておいでであることをご存じだったはず……。それを力押しに肘を張って体をぶつけた上に、一本を決めた後間合を切らずに止《とど》めを刺すように下から突き上げた……。それは何ゆえのことです。相手を踏み潰して、自分の強さを見せつけたいからですか……。わたしにはわかりません！」

よく回る舌で一気に棉江を詰った。

棉江は不思議な物を見るような目で、その間つくづくとお咲を見ていたが、

「そなたが何を言いたいのか、わたしにはまるでわからぬ。ひとつだけ申しておく。剣術は道楽ではない。我ら別式女は怪我も病も許されぬ。留以殿とて、この棉江が力の限りお相手 仕《つかまつ》ったことをお喜びくだされているはず。そなたも生ぬるいことを申さずに、せいぜい稽古に励むがよい」

小馬鹿にしたように言い置くと背中を向けた。

「道楽で始めた者は、別式女には終生勝てませぬか……」

その背中に、お咲は挑発するかのように言葉をぶつけた。

「そなたはどう思う」

棉江は背を向けたまま低い声で応えた。

「勝てぬことはないと思います」

お咲はきっぱりと言った。

「ほう……、左様か……」

「はい」

「お咲……殿であったな。こちらのご門人か」

「いえ、気楽流・岸裏伝兵衛先生のお稽古場で習わせていただいております」

お咲は一際凛《ひときわりん》として言い放った。

余計なことを口走ったかという想いが一瞬脳裏をよぎったが、このような邪道な剣士には、その名を口にするのは何とも誇らしかった。

棉江は岸裏伝兵衛の名に聞き覚えがあったのであろう。思わず顔を上げた。

「ほう、岸裏先生とな……」

すぐに近田がこれに反応した。

「お会いしたことはござらぬが、大層な御方と聞き及んでおります。いつか、お手合せ願いたいものでござるな」

「はい、まことにもって……」

お咲はすかさず近田に不敵な笑みをもって頷いてみせた。

——小癪な女め。

温厚な近田の表情に一瞬険《けん》が立った。

だが、お咲は相変わらず頬笑んでいる。

その笑みを背中に覚えつつ、

「これはまた楽しみが増え申した……」

棉江は嘲るような声をお咲へ投げかけると、もう一度雄之助に深々と一礼して、近田、堀池を従え足早に立ち去った。

その刹那《せつな》、お咲は悪戯《いたずら》を咎められた子供のような表情となり、

「申し訳ございませんでした……！」

叫ぶように雄之助、作右衛門をはじめ並木道場の門人達に詫びると、

「留以さん！」

彼女が運ばれた控えの間へ、一目散に駆け出した。

六

日暮れて――。

京橋水谷町の手習い道場に、並木雄之助が訪ねてきた。

供も連れず、ただ一人で鮨《すし》を持参してのことであった。

「いや、これはまた、わざわざのお運び、忝うござる……」

秋月栄三郎は、留以が仕合をすると聞いていたので気になっていたのだが、お咲が訪ねてくる前に雄之助が現れたので面喰《めんく》らった。

「俄なことで申し訳ござりませぬ……」

「はッ、はッ、某にお気遣いはどうぞ御無用に願います。まず、こうおあがり下さり

ませ……」

折目正しい雄之助の辞儀にいささか恐縮しつつ、栄三郎は居間へと請《しょう》じ入れた。

又平は竹の皮に入った鮨を恭しく受け取ると、素早く酒と茶の用意をした。

わざわざ仕合の当日に訪ねてきたところを見ると、何かよからぬことがあったのかもしれない。

「して、留以殿はいかがでござったかな……」

栄三郎は遠慮気味に問うた。

「それが、ちと気になることが出来《しゅったい》いたしまして……」

「気になること……」

雄之助は、今日の並木道場での一件について語った。

「して、留以殿の御様子は……」

「一時、気を失いはいたしたが、大事ござらぬ」

「何がさてよろしゅうござった」

「だが、お咲殿のことが気にかかりましてな……」

「なるほど、確かに気になりますな。お咲が出過ぎたことをしたようでござる。お許し下さりませ……」

話を聞いて、栄三郎はお咲の師として詫びたが、どうも気分が悪かった。

「いえ、お咲殿の言葉によって、留以の面目《めんもく》も少しは立ち申した」

そもそも仕合のことは、留以の武道不心得によるものであり、潔く負けは負けとして認めるのが並木道場としての対応である。

それゆえに、他道場の門人であるお咲の言葉が、並木道場の門人達にとっては実に爽快であったのだと、雄之助は頰笑んだ。

「さりながら、黒木棉江がそのうち岸裏先生の稽古場に乗り込んで参って、お咲殿に仕合を申し込むのではないかと……」

「なるほど、それは考えられますな……」

栄三郎は大きく息を吐いた。

「本材木町の稽古場をお訪ねしようとも思いましたが、岸裏先生はお留守の由。松田先生にお話しいたして、お咲殿が叱られては気の毒ゆえ、まずは水谷町へと参った次第にござる」

「お心遣い、痛み入ります……。恐らくお咲のことゆえ、今日のことは松田新兵衛に己が口から報《しら》せることとは存じまするが、何と伝えれば好いか、今頃は思案をしているところではないかと……」

「左様でござるか、それならば、まず秋月先生をお訪ねしたことは……」

「はい、お咲にとっては真にありがたいことだと思いますよ」

「ならば甲斐《かい》がござった」

目尻を下げ、口許を綻ばす雄之助の笑顔は実に好い男振りである。

――おれはほんに、好い男と巡り合う。先祖に礼を言わねばなるまい。

栄三郎は、満面に笑みを湛《たた》えて雄之助に頷き返した。

並木雄之助は一刻もたたぬうちに手習い道場を辞した。

経緯を話せば、栄三郎にもあれこれ考えることもあろうと、気を利かせたのである。

栄三郎はその日の内に、日本橋通南三丁目にある松田新兵衛の浪宅を訪ねた。

訊《き》けば、お咲からはまだ今日の出来事の報告は受けていないという。

新兵衛は栄三郎から一通り話を聞くと、

「なるほど、そもそもお咲は栄三郎の弟子ゆえ、おぬしがとりなしに参ったか……」

にこりともせず恐い顔を向けてきた。

しかし、それはお咲への不快ではなかった。

「とりなすまでもないことだ。お咲のしたことは間違ってはおらぬ。岸裏先生の名を出したのも、門人であるのだから当り前ではないか」

新兵衛は、恐らく明日にでもお咲はその報告をするであろうが、よくぞ言ったと誉めてやるつもりだと、栄三郎を安心させ、

「おかしいのはその連中の方だ……」

黒木棉江、近田善二郎、堀池理助の三人の、表面上は折目正しき武家を取り繕ってはいるが、その実何を企《たくら》んでいるか知れぬ様子に顔をしかめた。

「もしかすると、お咲の評判を聞きつけて、近田 某《なにがし》 が丁重に仕合を申し入れてくるやもしれぬがどうする」

「どうするもなにも、お咲が仕掛けたことであろう」

「受けるのか……」

「受けねば岸裏道場は腰抜けだと、奴らは吹聴《ふいちょう》するやもしれぬ」

「そうかもしれんが、岸裏先生は留守だというのに困ったことだな」

「お留守の間のことは、おれが先生から一切を任されている。お咲はどうせ受けて立つつもりなのであろう。仕方があるまい」

「新兵衛の言う通りだな……」

「剣術の修行を積むと申すなら、このようなことは付きものだ。お咲自らが斬《き》り払《はろ》うて行くしかない」

「いかにも……。そして、そのような境地に追いやってしまったのは、この栄三郎かもしれぬな」

栄三郎は、お咲を手習い道場という生簀から、岸裏道場という大海に移し、その剣才を大いに伸ばしつつ、松田新兵衛の傍へ置いてやろうとしたことが果して正しかったのか――そんな想いに囚《とら》われた。

しかし、新兵衛は友の想いを察し、栄三郎の言葉を打ち消すがごとく、

「いや、おれのせいだ……。お咲の生き方を変えてしまったとすれば、それはおれが悪い」

強い口調で言った。

「新兵衛……」

「だが、おれは何もしてやることができぬ。おれをひたすらに慕っている女がそこにいることを知りながら……」

「新兵衛、おれの愛弟子を馬鹿にするな」

「馬鹿になどしておらぬ」

「言っておくが、お咲はお前にどうしてもらおうなどというけちな考えは持っておらぬよ」

「いや、それはそうかもしれぬが……」

「新兵衛は心のおもむくままに剣を鍛え、毎日のようにお咲の剣を見てやってくれたら、それで好いのだ。それがお咲の幸せなのだ。お咲がそれで幸せなのだから、それで好いのだ。ただ、いつかお前がお咲に何か答えを出してやる時をおれは楽しみにしているがな」

新兵衛はしばらくの間、静かに思い入れをしたが、

「任せておけ、おぬしの愛弟子をむざむざとは負けさせせぬ」

やがて力強く言った。

栄三郎はよく働く。

新兵衛を訪ねた翌日はちょうど手習いも休みで、朝から彼は、本所石原《いしわら》町の北方にある旗本三千石・永井勘解由邸へと足を運んだ。

永井家で用人を務める深尾又五郎《ふかおまたごろう》に、渡り用人・近田善二郎と、黒木棉江についての噂を問い合わせるためである。

もちろんお咲を思ってのことであるが、今は永井家奥向きで武芸師範を務める秋月栄三郎であった。渡り別式女なる者の存在がいかなる者か、訊いておきたかったのだ。

「ほう、近田善二郎殿……。その名は聞き及んでおりまするぞ……」

深尾用人は、少し得意げな表情で応えたものだ。

諸家の事情に詳しく、温厚篤実《とくじつ》で真に人あたりが好く、それでいて遊び人で、何事に対しても鋭い観察眼を持っている深尾のことである。

まず訊ねるならこの御仁《ごじん》だと思ったのだが、それが見事に図に当り、栄三郎の顔にも自ずと笑みがこぼれた。

「いや、苦しい時の御用人頼みでござりまする……」

かつて無嗣断絶となってしまった旗本家に仕えていて、その後算用の腕を買われて渡り用人となった。そのあたりの情報は、並木道場にもたらされたものと同じであったが、

「なかなかに、食えぬお人でござるよ……」

深尾は、栄三郎ゆえに話すことであるがと前置きしてから、その人となりについて私見を述べ始めた。

世間では、近田の人となりを、

「苦労をなされただけのことはある……」

と、好意的に見ているが、

「まず、世の中の者共は、泰平に馴れたか、お人好しが多いようで……」

と、深尾は指摘する。

「もしも、わたくしにお手伝いできることがございますれば、どうせ時を持て余した浪人の身でございまする。いつ何時でもお声をおかけ下さりませ……」

近田は旗本諸家に伝手《つて》を求めると、このように、実に誠実で無欲な男を演ずるのだという。

しかし、これは〝撒《ま》き餌《え》〟のようなもので、この会話の中に自分の算用の才を挿《そう》入《にゅう》し、

「いやいや、所詮《しょせん》は主家を失《うしの》うた身のことゆえ、何を申し上げたとて詮なきことにございまするが……」

と、また控えめに出るのだが、この時近田は既にその家がどのような理由で財政が逼迫《ひっぱく》しているかを密《ひそ》かに調べ上げているとみえる。

調べていなければまず出てこない話題に触れてくるからである。

だが、貧《ひん》すれば鈍《どん》するで、そこがわからぬ旗本家の家士が真に多い。

これを算用術を修めた近田の炯眼《けいがん》と捉えかえって感服し、臨時雇いの用人として迎えるのである。

それでも近田は算用においては確かに優秀で、財政の運用を見事にこなし傾きかけていた台所を建て直すことには成功する。

もっとも、そもそもが人頼みの家なのである。杜撰《ずさん》極まりない家政を行っているので、近田が再建するのに大した造作はいらないのだ。

そうして、好転させた全額の内から報酬を得るのであるが、

「欲得ずくではございませぬゆえに……」

などと言って僅かな額を示し相手を喜ばせる。

深尾用人は、実際に近田善二郎を臨時の用人として迎えた家の老臣から、

「後学のために何卒……」

と、収支のざっとした内訳を見せてもらったことがあるという。

「見せてくれという某も人が悪いが、そのような御家の秘事にかかわるものをたやすく見せる方も気が抜けている……」

深尾は苦笑いを浮かべた。

「それに何かからくりがござりましたか」

「ふふふ……。まず、見る者が見れば……」

経費の項目に、それとなく近田の手間が乗せられていると、深尾には読み取れたという。

礼金の少なさに見合う操作を巧《たく》みに施していて、結局のところ、近田は取るものはちゃっかり取っているのである。

「それでもまず、少しの金が残ったのであれば好しとせねばなるまいが、近田善二郎、なかなか食えぬ男でござるよ……」

「しかし、それを見破る御用人も、いざとなれば、渡り用人となって方便《たつき》を立てられまするな。ああ、これは不吉なことを申しました……」

栄三郎が慌《あわ》てて口を押さえるのを、深尾用人はニヤリとして見つめながら、

「いやいや、某のように気の小さな男にはなかなかできぬ芸当でござる……」

神妙に頷いてみせた。

「とは申せ、その芸当も、御用人のような御仁にかかれば見透かされるというもの。近頃は寄る年波で渡り用人として赴くこともなくなったとか申しているようですが、次第に本性が露《あら》わになって、迎えてくれるところがなくなってきたということでしょ

う」

「うむ、あるいは……。それゆえに今度は渡り別式女などというものの仲立ちを、言葉巧みにいたしているのでござろうよ」

「なるほど……」

「その黒木棉江と申す別式女に今一人、付き添うていた堀池某という男……。恐らくは、何《いず》れかの用人ではござらぬかな」

剣術の同門で付き添いとしてきたと言っていたが、堀池理助は旗本家の剣術好きの用人で、それを並木道場へ連れてきて、品定めをさせたのではないかと、深尾又五郎は推測した。

「となりますと、岸裏道場に仕合を申し込む時は……」

「また連れてくるのかもしれませぬぞ」

「それにお咲を散々に打ち破るところを見せつけるつもりだと……」

「いかにも……」

「そのようなことをして、返り討ちに遭えば面目もござりませぬな」

「そこはまた、あれこれ弁舌さわやかに、近田某が負けた言い訳をするのでござろう」

「もしくは、お咲に別式女の口を持ってくるとか」

「ほッ、ほッ、それも考えられまするな」

「その時は、田辺屋宗右衛門の娘にけちな仕事を持ってくるとは畏れ入りまするると、笑ってやりますよ」

「それはよろしいな。幸いにして、当家にも奥向きの剣術指南役がいて下さるゆえに、別式女を勧められることもござるまい」

「左様でござるかな……」

「秋月殿、そこもとはそろそろ己が才を認められたがよろしい。秋月栄三郎は相当に教え上手な、剣術指南でござるぞ」

「いや、これは……」

頭を掻《か》く栄三郎に涼風が届いた。

いつも思うことであるが、永井邸表にある深尾又五郎の用部屋は風通しが好い。

栄三郎の鬢《びん》を乱すこの風が吹き抜ける度に、秋が深まっていく。

時の流れの早さを想い、栄三郎は何故か心が逸《はや》る自分に、いつになく戸惑っていた。

# 七

　秋月栄三郎は、その日の内に岸裏道場へと入り、松田新兵衛と相談した。

　稽古場へ入ると、隅で黙々と型の稽古をしていたお咲が何とも決まりが悪そうな顔で栄三郎にちょっと頭を下げてみせた。

　朝から既に、お咲は新兵衛に並木道場での一件を話したようで、新兵衛は昨夜言っていたように、

「よくぞ申したな。そなたのしたことは何も間違《まちご》うてはおらぬ」

と、誉めてやったので、少しばかりほっとしていたようだ。

　そして新兵衛は、しばらくの間は日々型稽古をするようお咲に命じたという。

　見所の裏にある客間に栄三郎を通すと、新兵衛はまずそのことを伝えた。

「そうか、型稽古をさせるということは、お咲の立合を覗《のぞ》き見られぬようにするということだな」

　栄三郎はニヤリと笑った。

「まずそういうことだが、栄三郎、何かわかったか」

新兵衛は、近田善二郎が岸裏道場の稽古を盗み見して、お咲の実力のほどを確かめようとするやもしれぬと思い、まずはそのように指示をしたのだが、栄三郎の調べが気になっていた。

「恐らくは、近田善二郎が丁重なる物言いで、仕合を申し込んでくるであろう……」

深尾又五郎から仕入れた情報と、並木雄之助から聞いた話を照合させてみて、栄三郎はそう断じた。

新兵衛もこれに相槌《あいづち》を打った。

二人共によくわからないのは、黒木棉江がどれほどの剣士であるかであった。

近田は、その時々で住まいを変えるそうなので、その動きを捉えることが難しい。

これは棉江も同じで、渡り別式女などしていると、年の内の多くを旗本、大名屋敷の内で暮らすので、奉公先が決まっていない間は、寺社の一隅に仮寓《かぐう》しているらしい。

栄三郎も新兵衛も、近田と棉江についてのことは噂に聞いただけであるから、その実態が見えてこないのである。

「だが、必ず黒木棉江は仕合を申し込んでくる。一泡《ひとあわ》吹かせてやりたいものだな……」

栄三郎の想いは新兵衛とて同じであった。

棉江の別式女としての売り込みのために、岸裏道場を利用されるのは御免《ごめん》である。

だが、お咲はこれに勝てるのであろうか――。

お咲を何とか勝たしてやりたい。その想いを確かめ合う二人は互いにふっと、頰笑んだ。

考えてみれば、ここ数年、手習い道場に身を落ち着けた秋月栄三郎と、それを見守るように近所に身を落ち着けた新兵衛との友情には、いつもお咲という存在が絡んでいた。

正しく今がそうで、剣術の仕合のことで力強く頷き合うのは久しくなかったような気がする。

それが何ともおかしくなってきたのである。

栄三郎はひとまず岸裏道場を出たが、その際、型稽古をしていたお咲に、

にこやかに声をかけた。

「話は並木先生から聞いた。黒木棉江とかいう女に言ってやったそうだな」

「はい、いけすかない女でございます」

お咲は顔をしかめてみせた。

「腕の方はどうなのだ」

「たかがしれております……」

そして、栄三郎の問いにこともなげに応えた。

「ふッ、ふッ、そうか、ならばしばらくは型の稽古に精を出すが好い」

栄三郎はお咲のちょっと小癪な顔を見ると何やら楽しくなってきて、それからはいつもの暮らしに戻って報せを待った。

近田善二郎が岸裏道場を訪れるのに日はかからなかった。

それから三日の後に、満面に笑みを浮かべた近田善二郎が松田新兵衛の許を訪れた。

新兵衛はその来訪を受けるや、水谷町の栄三郎の許へと門人を走らせた。

本材木町五丁目から手習い道場はすぐそこだ。

あらかじめの段取りの通り、又平が走った。

近田の近辺を探るためである。

「いやいや、先だっては並木先生のお稽古場で、思わぬことが起こってしまいましてな」

近田はひたすらにへりくだって、棉江が緊張の余り、並木留以が足を痛めているこ

とにも気付かず、勢いが余って荒っぽい立合をしてしまったと述べた後、

「こちらのお咲殿にお叱りを受けた次第にござりまして……。お聞きいたしますれば、お咲殿はあの高名な岸裏先生のご門人とか。いや、岸裏先生は稽古場を閉じられ旅にお出になられたと存じておりましたが、また今年に入ってからこちらに開かれたと知り、己が無知を恥じ入るばかりでござりまする……」

という風に岸裏道場を持ち上げたものだが、

「して、何がお望みでござる」

新兵衛はくどいとばかりに、ずばりと問うた。威風堂々《いふうどうどう》として、体中から剣気発する松田新兵衛に見据えられると、海千山千の近田もぐっと気圧《けお》されて、

「何卒、お咲殿に棉江殿の相手をしていただきたく存じまして……」

少し口ごもりながら応えた。

「仕合……、でござるかな……」

「はい」

「留以殿の次は、お咲、でござるか」

「申し訳ござりませぬ。女の身ではなかなか稽古相手が見つかりませぬゆえ……」

「勝った姿をよく見てもらわねば、その強さを誇ることもできませぬか」

「とんでもないことでござりまする。黒木棉江の亡くなった父親は、某にとっては無二の友でござりましたゆえ、つい構《かも》うてしまう次第にて……」

ただの武骨な剣客と思っていた松田新兵衛が、意外や洞察に長《た》けている。

近田は油断ならぬと情に訴えてかわそうとした。

「なるほど、某にも無二の友がおりますれば、そのお気持ちはわかり申す。生憎《あいにく》、岸裏先生は旅に出ておられまするが、お咲をお相手させるくらいのことはたやすうござりまする。ならば三日後の正午をもって……」

するとこれが効《こう》を奏《そう》したか、新兵衛は近田の仕合の申し出を快諾した。

「忝うござりまする……」

近田は並木道場の時と同じく、菓子折に心付を添えて差し出すと、そそくさと道場を出た。新兵衛はこれをありがたく受け取ると、丁重に玄関先まで近田を見送った。

──やはり剣一筋の男か。

近田は胸を撫《な》で下ろした。初めの間は新兵衛の威風に気圧されたが、それも剣一筋に生きる男の朴訥《ぼくとつ》ゆえのことで、一旦懐へ入ればいかにも与《くみ》しやすい相手だと思ったのだ。

だが、この松田新兵衛には秋月栄三郎という軍師が付いていることを近田は知らない。

言葉巧みに世渡りをする近田と違って、栄三郎は、時に己が仕事に命を賭《と》する男である。近田とは気合が違う。

今日の新兵衛と近田との問答は、栄三郎が想定していた。

威圧的に対応した後に快く応じる。これで近田の心は緩《ゆる》むであろう。

そこからは又平の出番である。

稽古場の拵え場で待機して、近田が出るや跡をつけた。取次屋の忍び働きに抜群の腕を誇る又平のことである。ほっと息をついた近田をつけるのはわけもなかった。

近田は船を使わず、なかなかの健脚ぶりで北へ向かい、江戸橋《えどばし》を渡ると広い通りを経て浅草蔵前《あさくさくらまえ》へと出た。

八幡宮《はちまんぐう》の裏手に、藁屋根《わらやね》の小さな家が建っている。かつては、茶屋であったのだろうか、百姓家のような趣で木立に囲まれている。

その家の前に、木太刀を振り回している若い武士の姿があった。

よく見ると女である。

「棉殿、決めてきたぞよ」

近田が声をかけたのは、黒木棉江であった。

「左様で……」

棉江は、終始笑顔を絶やさぬ近田とは真逆で、いつも能面のように無表情である。

二人は、家屋の内にと入った。

又平はこれを幸いに、音もなく家屋に近づいて、窓の外から聞き耳を立てた。

「お咲の腕のほどはいかがでござりまする……」

棉江の声がした。男のように野太い声でよく響く。奥向きの女中達に指図する時の癖なのであろうが、又平にとってはありがたい。

「よく使うという評判じゃが、そっと人を遣《や》って覗き見てみたが、型稽古ばかりをしている。今日も稽古場をちらりと見たが、やはり同じであった……」

「ふん、型稽古がいくらできても、仕合が強うなるはずもありますまいに……」

「聞けば大店の娘であるとやら申す。どうせ周りが誉めそやし、本人もその気になっているのであろう」

又平はニヤリと笑った。

この連中は、お咲の実力を知らない――。

天性の才を開花させたといっても、お咲が岸裏道場で本格的に稽古をし始めたのは、今年になってからである。

それまでは、まるで世間の知るところではない手習い道場で、内輪《うちわ》相手にひっそりと修行を積んでいたのだから、無名であるのは無理もない。

だが、この内輪というのは、教え上手の秋月栄三郎に、一流の剣客・松田新兵衛、時として岸裏伝兵衛であったのだ。ただの金持ちの娘の道楽とはわけが違う。

「この度もまた、あっという間に叩き伏せておやりなされ」

それから二人の会話に聞き耳を立ててみると――。

先日、並木道場に同道した堀池某は三千石の旗本の用人であったらしい。棉江の圧倒的な強さを見て、別式女として迎えたいという想いを強くしたのであるが、お咲が棉江を詰ったのを見て、お咲という女の言うことも一理ある、すべてはあのお咲を打ち破ってからのことにしたいと伝えた。

それゆえ、棉江はどうしてもお咲と仕合をせねばならず、真に苦々しく思っているようだ。

――この姉さんも気の毒なことだが、日頃の行いが大事ってことだな。

やがて、棉江の家から出てきた近田の跡を、又平は再び追って歩き出した。

近田が行き着いた先は、日本橋北の人形《にんぎょう》町に屋敷を構える、旗本・宮沢内記《みやざわないき》の屋敷であった。

宮沢家は三千石で高家《こうけ》を務める家柄である。調べてみると、この家の用人は堀内理《ほりうちり》三郎《さぶろう》という剣術好きの中年男であるそうな。

近田善二郎はここ最近、宮沢家に客分の扱いで迎えられていて、堀内用人とは懇意《こんい》であるそうな。

それですべてが読めた。

先日、棉江、近田と共に並木道場に現れた堀池理助というのは、この堀内理三郎に違いない。

宮沢家は幕府の儀式、典礼《てんれい》を司《つかさど》る役目を負う高家である。役職柄付け届けも多く内福であるが、それゆえに勘定方《かんじょうかた》も緩みがちで、財政が立ち行かぬようになっていた。

そこで、旧知の間柄であった堀内からの要請を受け、財政の御意見番として迎えられたのが近田であった。

そもそもが内福であるのだ。支出の合理化を少しばかり実施するだけで好転するから、近田にとっては、真に好い得意先が出来たというところであろう。

そして、堀内が剣術好きであるのを見てとった近田が、別式女を置くことを勧めたと思われる。

だが、剣術好きであるだけに、棉江の腕のほどをしっかりと確かめねば気が済まぬのであろう。

又平が持ち帰った情報からそれを読み取った栄三郎は、お咲の勝ちを信じて仕合当日を待ったのである。

# 八

「栄三郎、そうして座っていると、立派な師範代に見えるな……」

松田新兵衛は、見所の端に座っている秋月栄三郎を見て少しからかうように言った。

「よしてくれよ、稽古場の隅で門人に紛《まぎ》れて観ていると言ったのを、ここで観ていろと無理矢理上げたのは誰だ」

栄三郎はしかめっ面《つら》で応えた。

「おれは、まだまだ修行中の身であるというのに、この岸裏道場の師範代を務めているわけだが、おれが師範代ということは、その相弟子であるおぬしにも、それ相応の扱いをせねばならぬ。そうであろうが」

「まあ、それは……」

新兵衛に言われると一言もない栄三郎であった。

稽古場には、新たに岸裏伝兵衛の門人となった十人ばかりの若い武士達が端に居並んでいて、にこやかに剣友二人のやり取りを見ていた。

この岸裏道場を田辺屋宗右衛門に建てさせ、松田新兵衛を師範代に据えたのは、すべて秋月栄三郎が企んだことであった。

それだけに新兵衛は、

「おぬしも関わりがあるのだ。知らぬ顔は許さぬぞ」

とばかりに、何かと栄三郎を呼びつける。

栄三郎はそれを巧みにかわしているのだが、毎度断るわけにもいかず時に顔を出す。

それゆえ、新しい弟弟子達とは既に顔馴染《なじみ》になっていて、彼らは、ほとんどここで稽古をすることのない兄弟子の栄三郎を一様に慕っている。

日頃、稽古を共にしている女剣士・お咲の生みの親であるという栄三郎は、彼らにとって尊敬に値する剣客でもあった。

この日、栄三郎が珍しく岸裏道場の見所に座っているのは、もちろんお咲と黒木棉江の仕合を観るためであった。

今日になって、朝からお咲は門人達相手に、防具を着けての立合をこなした。

先日、並木留以が足首を痛めたようなことにならぬか、新兵衛はお咲のいつになく激しい動きを見て案じたが、お咲の動きは実に軽やかで、足捌きも巧みにこれをしてのけた。

十分に体をほぐした後は拵え場に入り、今は新しい稽古着に着替えているところである。

そして、これから再び稽古場に出んとするところへ、黒木棉江が到着した。

先日の並木道場の折と同じく、近田善二郎と、堀池理助を伴っての登場であった。

それからは、これもまた先日と同じく、ひと通りの挨拶が交わされ、堀池は相変わらず棉江と同門の剣客であると名乗り見所に座った。

そこへ、お咲が拵え場から出てきた。

下げ髪を浅葱《あさぎ》の布で蝶《ちょう》に結び、真っ白な刺子織《さしこおり》の稽古着に紺袴――朝の内の猛稽古に頬は上気して、絵草子《えぞうし》から抜け出たような美しさである。

これには、近田も堀池も思わず息を呑んだ。

先日は地味な町の女の体《てい》をしていただけに、圧倒されたのである。

お咲は恭しく座礼して、

「咲にございまする。先だってはご無礼をいたしました。本日の仕合、力が余りました折は何卒御容赦のほどを……」

先日、棉江が言ったのと同じ言葉を発した。

――おのれ小癪な。

棉江の表情が険しくなった。

先日といい今日といい、この女はどこまでも自分を挑発してくる。

付き添いの男二人をも感嘆させた美しさも気に入らぬ。

――鼻もちならぬ商人の娘め。

棉江はいきり立ったのだ。

これで勝負はついた。

見所で見守る栄三郎はほくそ笑んだ。

怒れば怒るほどに、お咲はそれを逆手にとって棉江を攻めるであろう。

棉江の実力を知らぬ栄三郎であったが、これを見たお咲がまるで動じていない様子を見ると、大よそは察しがつく。

お咲も馬鹿でお人好しではない。

棉江と留以の一戦を見て、勝てると確信を持っていたので挑発したのである。

お咲もまた、棉江に対して反感を抱いていたから、

――自分が誰よりも強いと驕《おご》っている別式女など何するものぞ。

留以の仇《かたき》でもあり、棉江に対して闘志を燃《も》やしていたのだ。

だが、お咲の恐るべきところは、闘志に溺《おぼ》れぬ聡明さを持ち合わせていることである。

「いざ……！」

棉江は先日と同じ白ずくめの出立ち。憤然として、襷十字にあやなして、素早く防具を身に着け竹刀を構えた。

これに対して、お咲は焦らすようにゆったりと防具を身に着ける。

審判は松田新兵衛が務めた。

「勝負は一本といたそう。軽い打ちや、かすったくらいでは一本とは認めぬ。存分に立合われよ」

やっとのことで対峙《たいじ》したお咲と棉江に新兵衛が伝えると、

「望むところにござりまする」

棉江は、それならば並木留以と同じく一撃で失神させてやると、面の内に残忍な笑

みを浮かべた。

「始め！」

新兵衛の一声で、女剣士二人は竹刀を交えた。

「それそれ！」

棉江は気合十分で、いきなり手練《てだれ》の突きをくれて、かわすお咲へ肘を張って、まず体当りをくらわせた。

しかし、その肘はお咲のさらなる見事な足捌きですっかりと空を切った。

「えいッ！」

それどころか、退がりながら打ったお咲の面が棉江を捉えた。

「むッ……」

棉江は冷や汗をかいたが、

「浅い！」

新兵衛はこの打ちを認めなかった。

「やあッ！」

棉江はこれに勢いを得て、小手から面へと重い連続打ちを繰り出した。だがこれも、お咲はわけもなく竹刀の腹で受け、棉江の空いた胴に返し技を叩きつけた。

「まだまだ！」

新兵衛はこれも浅いと受けつけぬ。

棉江はまたも救われたが、もう何度打ち合っても同じであった。

その後も同じ展開が続き、次第に棉江の動きが鈍くなった。

――お咲、早く止めを刺してやれ。新兵衛も、もういい加減に一本を取ってやれ。

見所の栄三郎はその様子を見てニヤリとしたが、

「えいッ！」

やがて疲れた棉江に対して、遠間から飛び込んだお咲の面がまともに決まり、

「勝負あり！」

と、新兵衛の声が高らかに響き渡った。

「むッ……」

途端、棉江はその場に座り込んで、口惜《くや》しさにわなわなと震えた。

無理もない。天女が舞うかのようなお咲の剣術は美し過ぎて、命のやり取りをした緊迫を覚えぬまま、気がつけば一本を奪われていたのであるから。

近田と堀池理助こと堀内理三郎が呆気《あっけ》にとられて見守る中、

「おのれ……」

棉江は人目も構わず、拳《こぶし》を床に押し付けて唸った。

栄三郎は新兵衛と顔を見合わせ、互いに思い入れを込めて頷き合った。

九

すっかりと、乾いた道に注ぐ陽光も穏やかになってきた。

黒木棉江を一蹴《いっしゅう》してから数日がたった昼下がり、お咲の姿は鉄砲洲《てつぽうず》にあった。

もちろん先日とはうって変わって、薄紅色《うすべにいろ》の小袖を身にまとった商家の女の出立ちである。

この日は、田辺屋とは先代からの付き合いである明石町《あかし》の料理屋〝大舟《おおふね》〟へ御仕着《おしき》せの着物を届けた帰りであった。

これを頼んだのは兄の松太郎であったが、何となくその理由が呑み込めた。

〝大舟〟の女将《おかみ》は幼い頃からお咲を知っていて、かねがね嫁がぬお咲に気を揉《も》んでいることを思い出したからであろう。

「お咲ちゃん、何てことでしょうねえ。こんなにきれいでお利口な娘さんが、まだ独りでいるなんて……」

案《あん》の定《じょう》、女将はお咲が剣術を始めたことなどを嘆き悲しんだ。それが町の女として
どれだけおかしなことかを言い立てながら――。

「まったく兄さんときたら……」

潮風に後れ毛を揺らしながら、お咲はぶつぶつと言った。

その姿を窺い見て、お咲の供をして荷を運んだ男衆の三人がうっとりとして頬笑ん
だ。

三人は、勘太、乙次、千三の〝こんにゃく三兄弟〟であった。

「お気になさらずともようございますよ」

「お嬢さんには、お嬢さんの生きる道ってえものがあるんですからねえ」

「あっしらはいつだって、お味方いたしますよ」

例の如《ごと》く口々に言う。

馬鹿でお調子者だが、その気持ちに偽りはない。

この三人は、お咲にとって何よりの味方である父・宗右衛門と、師・秋月栄三郎の
眷族《けんぞく》といえる兄弟なのだ。

「いつまでもよろしく頼みますよ……」

朗《ほが》らかに声をかけられて、三兄弟は照れ笑いを浮かべて頭を掻いた。

その時であった。

舩松《ふなまつ》町の渡し場を過ぎた松木立の中から、ぬっと大柄の女が現れた。

女ながらに武士の姿――黒木棉江であった。

「これは、先だってはどうも……」

お咲は丁重に頭を下げたが、三兄弟の前では決まりが悪い。

仕合のことは宗右衛門にも伝えていなかったからである。

棉江は手に木太刀を二本携《たずさ》えていて、ぐっとお咲を睨みつけた。

「こ度は木太刀での勝負を望みます……」

そして、この場で木太刀で立合えと迫ったのである。

所詮は防具を着け竹刀での勝負である。あんなもので自分に勝ったと思っているのならば大間違いであると棉江は言いたいのであろう。

「いきなり立合えと言われましても、わたしとて師のある身。勝手なことはできません」

お咲は穏やかに応えたが、棉江の目は血走っていた。

先日の岸裏道場での敗戦で、棉江を宮沢家に別式女として迎えるという話はなくなった。

かつての同輩の娘と思い目をかけてきたが、この程度の腕であったかと思い知ると、近田善二郎も宮沢家における己が保身に走り、棉江には冷淡になった。

ここ数日間の流れは、秋月栄三郎が調べていて、お咲もそれとなく聞いていたから、目の前に立ちはだかる棉江の怒りは想像出来た。

「無理にでも立合うてもらうぞ……」

棉江は尚もお咲に迫った。

「何でえ手前は……」

これに、こんにゃく三兄弟が気色《けしき》ばんだ。

「どこのどいつか知らねえが、お嬢さんが嫌だと言っていなさるんだ。とっととうせやがれ！」

勘太が長男の威厳を示して棉江に凄んだ。

三兄弟とて、秋月栄三郎に剣術を習っている。お咲の上達には及ばぬが、男三人でお咲を守ろうとする想いは強いのだ。

「うだうだ吐《ぬ》かしやがるとただじゃおかねえぞ」

「うせろと言ったらうせねえか！」

乙次、千三がこれに続いた。三人共に一尺五寸（約四五センチ）の喧嘩煙管《けんかギセル》をこれみよがしに掲げて威嚇《いかく》してみせた。

だが、棉江は怯《ひる》まない。それどころか、これが彼女の興奮をかえって高めた。

「下郎！　そこをのけ！」

棉江は叫ぶや、二本の木太刀を二刀に構え、三兄弟に襲いかかるや、あっという間にそれぞれの足を払った。

「痛《いて》えッ……！」

油断したのがいけなかった。

三兄弟は不様にも足を抱えて、その場に屈《かが》み込んでしまった。

「何をなさいます！」

お咲はこれに怒った。

「そなたが素直に受けぬゆえじゃ……」

さて勝負だとばかりに、棉江は木太刀を一本、お咲に投げ与えた。

「是非もござりませぬか……」

お咲は仕方なくこれを構えた。

「剣とは生きるか死ぬか。その真を知るがよい！」

自分の方から襲っておいて言う台詞《セリフ》でもなかろうが、棉江は常軌を逸していた。

だが、生きるか死ぬかの修羅場《しゅらば》においては、お咲の方が遙《はる》かに勝っていることも、棉江は知らなかった。

南町奉行・根岸肥前守の依頼で、盗賊一味に潜入して、真剣を揮ったこともあるお咲なのである。

とはいえ、木太刀での打ち合いとなれば気をつけねばならない。特に、棉江は相討ち覚悟の捨て身の様子。骨が砕けようが、必ずやこの憎い女に痛い思いをさせてやる――。

こういう相手は性質《たち》が悪い。

「おのれ！」

棉江は木太刀を振り回すように、荒々しく仕掛けてきた。

これは堪らぬと、お咲は敏捷《びんしょう》な動きで逃げたが、剣士としての欲がもたげてきた。

こういう機も滅多《めった》となかろう。度胸一番受けて立とう――。そんな想いがもたげたのである。

「やあッ！」

棉江が真っ向から打ち込んできた。

お咲は迷わずそこへ自らも飛び込んだ。

「いゃあッ！」

その刹那、お咲の木太刀は面を外して、棉江の首筋を打ち据えていた。

この度は音もなく、棉江はその場に崩れ落ちた。

「うッ……」

しかし、お咲も左の二の腕辺りに鈍い痛みを覚えていた。棉江を打った時、自らもその一撃を食らっていたのである。

幸い骨に異常はない程度の打撲であった。

こんにゃく三兄弟はほっとして、足を引きずりながら寄ってきたが、

「お咲、真剣ならばその腕、二度と使えぬ深傷《ふかで》を負うていたぞ……」

松木立の中から猛々《たけだけ》しい武士の声がしてはっとした。

そこには松田新兵衛が立っていた。

新兵衛は、今日のお咲の外出を知り、もしやこのようなことが起こるのではないかと、そっと見守っていたのである。

「先生……」

お咲の顔に、たちまち幸せな笑みがあふれた。

「おぬしら、この女子《おなご》を近くの番屋へ運んでやってくれぬか……」

新兵衛は何とか歩けるようにまで回復したこんにゃく三兄弟にそう告げると、

「お咲、参るぞ……」

先頭に立って歩き出した。

お咲の腕の痛みはどこかへとんでいた。

「お咲、剣の道を突き進むとこんな闘いが日々のこととなる」

「はい……」

「勝ち続けることは難しい。負けた者は負けたままではおられぬものだ」

「よくわかりましてございます」

「おれは二六時中そなたを見守ってはやれぬ。それを覚えておくがよい」

「重々承知いたしております」

「それでもまだ剣術を続けるか……」

「松田先生のご境地に少しでも近づき、その想いを知ることが、咲の幸せにございますゆえ……」

お咲はしっかりと頷いた。

新兵衛は何か言おうとしたが、お咲にかける言葉が見つからない。

「あの棉江という女……。このまま黙って引き下がるとは思えぬぞ……」

新兵衛にそう告げて、店の用で外出をする時は岸裏道場に必ず報せておくようにと、お咲に言い付けておいたのは秋月栄三郎であった。

――栄三郎を付き合わせればよかった。

新兵衛は心の内で呟いた。相変わらず、こんな時はただ黙って傍にいてくれるだけで幸せなのだという女の心が、この武骨者にはわからなかったのである。

新兵衛は晴れ渡った秋の空を見上げる。

「言葉に詰まれば空を見りゃあいいんだよ……」

いつの日であったか友が教えてくれた記憶を辿《たど》って――。

やがて新兵衛の表情が少し和らいで、その大きな体が、お咲の方に傾いた。

「お咲、今宵《こよい》は月が出よう……」

# 第二話　月下老人

一

日本橋の南、呉服町の呉服店・田辺屋では、今年も賑《にぎ》やかに観月《かんげつ》の宴《えん》が催《もよお》された。

日々の商《あきな》いに埋没することなく、暮らしの中に娯楽を取り入れるのが繁盛《はんじょう》の秘訣《ひけつ》である——。

それが主《あるじ》・宗右衛門の信条で、奉公人の隅々《すみずみ》までがその恩恵によって伸び伸びとしているから、田辺屋はいつも活気に充《み》ちているのだ。

当然のごとく、宗右衛門が大の贔屓《ひいき》としている秋月栄三郎にも、

「今年も何卒《なにとぞ》お越しくださりませ……」

との誘いがあったが、栄三郎はあれこれ理由をつけてついに行かなかった。

近頃、宗右衛門と跡取《あとと》り息子の松太郎が、末娘のお咲を巡《めぐ》って口論が絶《た》えないと聞いていたからである。

松太郎の不満は、お咲の度が過ぎた〝剣術狂い〟を宗右衛門が窘《たしな》めるどころかこれを後押しして、息子の自分に一言の話もなく、剣術の稽古場《けいこば》まで建ててしまったことにあった。

お咲に剣術を教え、その才を引き出したのも、宗右衛門に稽古場を建てるよう仕向けたのも、他ならぬ秋月栄三郎なのだ。

何とはなしに、松太郎とは顔を合わせたくなかったのである。

その上に、松太郎の不満を他所《よそ》に、お咲はというとますます剣の道を突き進んでいる。

先日は岸裏道場にて、渡り別式女《わたりべつしきめ》・黒木棉江の挑戦を受けこれを退《しりぞ》け、その遺恨《いこん》によって外出《そとで》の折《おり》を狙われ木太刀《きだち》での立合を無理強《むりじ》いされた。

この勝負も見事に制して棉江を叩《たた》き伏せたと、お咲から報《しら》せを受けたのだが、これは松太郎には内緒にしているとのこと。

そんな最中であるから、栄三郎は尚《なお》さら田辺屋に行けなかった。

宗右衛門も、お咲からこの報せを受けていたから、栄三郎の心中は察するに余りある。

誘いはしたもののすぐに諦《あきら》め、松田新兵衛にも声はかけなかった。

——何がさて、楽しい観月の宴であってもらいたいものだ。

その夜、栄三郎は又平と深川《ふかがわ》へ出て、料理屋の二階の窓から月を愛《め》でながら、田辺屋の安泰《あんたい》を願ったのである。

ところが――。

松太郎はというと、笑い声が絶えぬ宴《うたげ》の席にあって、ひとりだけむっつりとして言葉少なであった。

彼は数日前からある不審を胸の内にしまい込んでいて、それが今にも爆発しそうになっていたのだ。

ある不審というのは、他ならぬ妹のお咲のことだ。

どうも様子がおかしいのである。

武芸などを習っているだけあって、その動きは敏捷《びんしょう》で、店を手伝っている時などは反物《たんもの》の入った箱を軽々と持ち上げて周囲の者達を驚かすお咲なのだが、ここ数日は力仕事を一切《いっさい》しない。

さらに左の二の腕をさりげなく右手で押さえている姿が目に付く。

――お咲の奴、剣術の稽古で腕を痛めたようだ。

男に負けず劣《おと》らず激しい稽古をしていると聞いていたが、今までにこんな様子を見せたことがないから、余《よ》ほどの打撲《だぼく》であったのだろう。

「剣術などをして、嫁入り前の娘の体に傷がついたらどうするんだい……」

松太郎は、何度かそんな言葉をお咲に投げかけ、剣術狂いを窘めたことがあった。

「兄さん、心配はご無用に。剣術といったって型稽古が主だし、竹刀《しない》で打ち合う時は、きっちり面、籠手《こて》を着けるから、まずそんなことはないのよ……」

お咲はその度《たび》に、そう言って笑ってみせたものだ。しかし〝手習《てなら》い道場〟で町の物好き達と共に剣術の真似事《まねごと》をしているくらいならばそうかもしれぬが、今は武家の子弟が通う岸裏道場にいるのだ。いつか大怪我《おおけが》をするのではないかと案じていた。

一見すると何でもないようだが、負けず嫌いで辛抱《しんぼう》強いお咲が力仕事を避《さ》け、時折《ときおり》腕を押さえている姿を見かけると実に気になる。

このところお咲を巡って、父・宗右衛門と意見の対立を生んでいるだけに、松太郎の目は何かというとお咲に向けられていた。

そもそも松太郎は妹想いなのである。

――人の気も知らず、お咲は腕を痛めたことを、わたしに知られたくなくて隠《かく》しているのに違いない。

人への観察眼の鋭さは、兄妹とも宗右衛門譲《ゆず》りである。

松太郎がお咲にそのような目を向ければ、お咲もまた、松太郎が自分の異変に気付き、訝《いぶか》しんでいる様子に気付いたのであろう。

今日になると、左腕を右手で押さえる仕草もすっかり見られなくなったし、ちょっとした力仕事もするようになった。

痛みを堪《こら》えてごまかしているのかと思えば、妹のそんなところもかわいくなって、

――まあ、よしとするか。

観月の宴もあることだし、深く詮索《せんさく》せずにおこうと、松太郎も一旦《いったん》は思い定めた。

ところが、また新たな疑念に行き当った。

男衆の、勘太、乙次、千三――〝こんにゃく三兄弟〟の様子もまたおかしいのだ。

日頃は松太郎を見かけると、

「若旦那《わかだんな》！　何か御用はねえですかい……」

と、元気いっぱいに声をかけてきて小腰を屈《かが》める三人が、ここ数日は出会えばぺこりと頭を下げるもののどうもよそよそしい。

思いおこすと、お咲が左の腕をかばうような素振《そぶ》りを見せ始めた時と、それはぴたりと重なるのだ。

確か数日前に、お咲を鉄砲洲へ遣《つか》いにやった時、お咲の供をして荷を運んだのはあの三兄弟であった。

――そうだ。その日に何かあったのだ。

そして三兄弟はそれを知っていて、お咲のために口を噤《つぐ》んでいるのであろう。

日頃から隠し事をするとすぐ顔に出る三兄弟のこと。

出来るだけ、松太郎とは顔を合わさないようにしているのに違いない。

そう思いつくと、松太郎も黙っていられなかった。

お咲の左腕に隠された秘事を知りたくなってくる。

――こんにゃく三兄弟め、お咲の言うことは聞いて、跡取り息子の松太郎には隠し事をし続けるという腹なのか。

そんな気持ちも湧《わ》いてくる。

とはいっても、今日は観月の宴である。田辺屋の内で騒動は起こしたくない。

今は黙っておこうかと辛抱しているのが、この日の松太郎の〝むっつり〟の原因であったのだ。

たまの宴である。皆が楽しんでくれたらよいのだ――。

松太郎は、大店《おおだな》である田辺屋の跡取り息子としての務《つと》めを果《はた》そうとしていた。

しかし、酒が入ると、能天気にはしゃいでいるこんにゃく三兄弟を見ているうちに、何やら無性に腹が立ってきた。

酒で三兄弟の口も軽くなっているようだ。

松太郎は、彼らを奥座敷の濡《ぬ》れ縁《えん》に腰かけて見ていたが、やがて一計を案じた。

「ああ、月というものはおもしろい。少し見るところを変えただけで、違う顔が見えてくるもんだね……」

松太郎は、こんにゃく三兄弟に対して、この日一番の爽《さわ》やかな声を投げかけた。

「さすがは若旦那だ。乙《おつ》なことを仰《おつしや》いますねえ……」

勘太も宴ですっかりと盛《も》り上がっていたから、この時ばかりは松太郎の上機嫌を見てとって愛敬《あいきよう》たっぷりに応《こた》えた。

「たとえば、井戸端《いどばた》から見ればどうだろう……」

松太郎は奥の庭から、井戸に続く植込みの間の小路《こうじ》を歩いた。

こんにゃく三兄弟はこれに続く。

「井戸の中に映る月はまた格別だろうね……」

松太郎は井戸端に行くとさらに明るい声で言った。

「なるほど、若旦那の仰る通りだ……」

このところはお咲と松太郎が不仲の様子を見てとって、松太郎の傍《そば》へと寄らないようにしていた三兄弟だが、元より心優しくて男気のある松太郎のことを慕《した》っている。言われるがままに井戸にかけられた覆《おお》いを取って中を覗《のぞ》き見て、水面に映る月を見てはしゃいだものだ。

松太郎はここぞとばかりに、

「お咲のことだが、大した怪我ではなくてほっとしたよ。皆にも迷惑をかけたね……」

しみじみとした口調で言って頷《うなず》いてみせた。

自分はすべてを知っていると、鎌《かま》をかけたのである。

「え……？」

三兄弟は驚いた顔を見せた。

先日、鉄砲洲の松木立《まつこだち》の中で、お咲が別式女・黒木棉江を危険極《きわ》まりない木太刀での立合の末、叩き伏せたことを松太郎は知っていたのか――。

そう思ったからだ。松太郎は穏《おだ》やかな表情を浮かべて笑っている。

このことだけは内緒にしてもらいたいとお咲は言っていたが、そこは元々仲の好《よ》い兄妹である。折を見て、松太郎にも打ち明けたのであろう――。

三兄弟はそう解釈した。

「いや、口では強がりを言っているが、お咲は不様《ぶざま》なところを見せてしまったのではないかと、案じていたのだよ……」

松太郎はさらに続ける。

「いえ、そんなことはござんせん」

勘太が応えた。三兄弟は、もう完全に松太郎があの日のことを知っていると思い込んでいた。

無理もない。近頃では田辺屋の商いの一部分を任《まか》されている松太郎のことである。鎌のかけ方は実に巧《たく》みであった。

「そりゃあ、お嬢さんは大したもので……」

「無理矢理に勝負を挑《いど》んできたふてえ女を、あっさりと返り討ちになさいやしたよ……」

乙次、千三の口は見事にすべった。

「やはりそんなことがあったのか……。その話、じっくり聞かせてもらおうか……」

もはや言い逃れは出来ぬであろうと見てとり、ここで松太郎は三兄弟にぐっと引き締《し》まった表情で向き直った。

「いったいお咲は何をやらかしたんだい……」

「え……」

ここへきて、やっと鎌をかけられていたことに気付いたこんにゃく三兄弟の顔から、たちまち血の気が引いた。

二

それから──。

酔《よ》い潰《つぶ》れたふりをして、こんにゃく三兄弟は早々と宴席から姿を消した。

お祭男の三人が珍しいことだと思いつつ、店の者達は逆に、生色《せいしょく》を取り戻した松太郎の様子にほっとして、今年も楽しく観月の宴を終えた。

宗右衛門も上機嫌で自室へと入ったのだが、ほどなくして、松太郎がお咲を伴《ともな》って訪《たず》ねてきた。

「ほう、これは揃《そろ》って来てくれたのか……」

客や店の者達の相手に忙しく動いていた宗右衛門は、子供二人の来訪を喜んだ。

「兄さんが、今日はお父《と》っさんとあまり話ができなかったからと言って……」

お咲も明るく言った。

二人ともに、つい今しがたまで松太郎が、こんにゃく三兄弟を捉《とら》えて話し込んでいたことには気付いていないようである。

「そういえば近頃は親子三人だけで話すこともなかったような気がするねえ……」

宗右衛門はふくよかな体を揺らしながら相好《そうごう》を崩《くず》した。

「ちょうど好い折です。わたしにもお聞かせ願いとうございます」

松太郎が真顔で言った。

「何の話だい……」

「お咲の左腕のことでございます」

「何だって……」

「兄さん……」

宗右衛門とお咲はたちまち困惑の表情を浮かべた。

「お咲、今は親子三人しかいない。二の腕をめくって見せてみなさい……」

松太郎は強い口調で言った。

「それは……」

「兄が妹の怪我を案じてはいけないのかい。お前の様子を見てすぐにわかったよ。早く見せてごらん……」

苦笑する宗右衛門にちらりと目をやってから、お咲は渋々左の腕をめくってみせた。

「何てことだ……」

松太郎は唸《うな》った。

真白きお咲の左腕が、肘《ひじ》の向こうにかけて、紫色に腫《は》れあがっていた。

「骨は折れておりません。わたしの肌の色が白いので目立つだけで……」

「怪我のことは好しとしよう」

弁解をするお咲を制し、松太郎は落ち着き払って言った。

「考えないといけないのは、この怪我がどういう理由《わけ》でできたかということだ。お咲、隠しても無駄だよ。こんなものはちょっと調べたらわかることだ。それにねえ、わたしはお前がその怪我を隠し通そうとしたのが気に入らないのだよ。後ろめたいものでないならば、お前の口からきっちりと、経緯《いきさつ》を話してもらいたいねえ」

松太郎はこんにゃく三兄弟を問い詰めて、既《すで》に黒木棉江との仕合から、木太刀での決闘に至る話は聞いていた。

しかし、一言も三兄弟から聞いたとは言わずに、彼はあくまでもお咲の口から聞きたいと迫った。

宗右衛門もお咲も、松太郎が勘《かん》を働かせて三兄弟を問い詰めた上でのことだろうと察していた。

お咲が棉江に無理強いされて決闘した一件は、決して口外しないと誓った三兄弟であったが、いつどんな手に引っかかって喋《しゃべ》ってしまうか知れたものではないと見ていたから、父娘《おやこ》共に彼らへの怒りはなかった。

思えば松太郎が詰問《きつもん》したくなるのもわからぬではない。

お咲は宗右衛門に話した時と同じように、経緯を順序立てて話した上で、

「わたしは身にやましいことは何もしておりません。兄さんに話をしなかったのは、かえって心配をかけると思ったからです。怪我の方もこのように、もう何ともありませんから……」

素直に詫《わ》びた。

「話を聞こうが聞くまいが、わたしは大いに心配だね」

しかし、松太郎の怒りは収まらなかった。

棉江と木太刀で立合った時、松田新兵衛は見守りにきてくれたというのに、立合を止めなかった。

それゆえお咲の腕は傷ついたのではないか。それが剣客《けんかく》の作法というなら、危な過ぎる話である。

「大旦那……」

松太郎は宗右衛門を父とは呼ばずに改まってみせた。

「この先、お咲をどうするおつもりなのです」

「どうするといって……、わたしはお咲の思うようにさせてやりたい。それだけですよ」

宗右衛門は静かに言った。

「思うように……」

「人として生まれてきたのだから、明日死んでも悔《く》いが残らぬような生き方を送ってもらいたいと、ねえ……」

「お金持ちが、娘かわいさのあまり馬鹿なことをするものだ……。世間はそうとしか思いますまい……」

「世間がどう思おうと、わたしは一向に構わないよ」

「そうですか。親というものはありがたいものですねえ……。では、そもそもお咲の思うこととはいったい何なのでしょう」

松太郎はお咲を真《ま》っ直《す》ぐに見た。

「それはもちろん、岸裏先生の許《もと》で剣を鍛《きた》えて……」

お咲は即答したが、

「何のために町人の娘が剣を鍛えねばならぬのだ」

松太郎に切り返されて言葉に詰《つま》った。

「松田先生を恋うるあまり、少しでも先生の傍にいたい。それがお咲が剣術に励《はげ》む本当の理由ではないか」

「確かに、初めはそうでしたが……」

「今は違うと言うのか。女だてらに心の底から剣術に領《りよう》ぜられたとでもいうのか」

お咲は松太郎に真正面から斬《き》り込まれてしどろもどろになった。

「そうです……。今では剣に目覚《めざ》め、女の身でありながらもこれを究めたいと……」

やっとのことに応えたが、その声には力がなかった。

本音を言えば、剣が上達する喜びよりも、松田新兵衛の傍で学べる喜びの方が大きいからだ。

たとえばこの世に松田新兵衛がいなくなれば、果して剣を続けていくであろうか。

お咲自身、その疑念が湧いてくる。

「言っておくがお咲、松田先生恋しさのあまり剣術を始めました……。わたしはそれでも好いと思っていた」

「兄さん……」

「だが、松田先生がお前を妻に望むことはこの先ないだろう」

松太郎はきっぱりと言った。

お咲は黙ってこれを聞いた。

「松太郎、そうとは言い切れまい……」

宗右衛門が見ていられずに口を挟《はさ》んだ。

「松田先生とてお咲の想いを痛いほどわかっておいでのはず。今は剣の高みを求めておられるゆえに妻《めと》を娶るおつもりはないかもしれないが、大願成就《たいがんじょうじゅ》の暁《あかつき》には必ずやお咲を……」

「さて、それは何年後の話なのでしょう」

松太郎の語気は衰《おとろ》えなかった。

「何年後……。修行は奥深いものだ。いつ終ると言い切れるわけがなかろう……」

さすがの宗右衛門も、松太郎の勢いに押され、歯切れが悪かった。

「いつ終るとは言い切れぬ……。そのようなものに付き合って、女の盛りを無にしてよいものではありません！」

松太郎は声に力を込めて、宗右衛門とお咲を見廻しながら言った。

「松田先生とて、きっとお悩みになっているはず。お咲の気持ちを知っているだけに邪険にもできない。だが、男が生涯かけて目指す道を、大店の娘の物好きに付き合って乱されることは迷惑千万《めいわくせんばん》とは言葉が過ぎるぞ！」

「松太郎、迷惑千万……」

宗右衛門はやり切れなさに感情を露《あら》わにした。

「いえ、わたしが松田先生であったなら、そのように思います」

松太郎は宗右衛門とは対照的に、噛《か》みしめるように言葉を返した。

松太郎は、一通り商いを修得するまでは嫁を娶る気にもなれないと、二十七になるというのに独り身を通してきた。

近頃になって、やっと縁談を持ち込む者の言葉に耳を傾けるようになってきたが、商いのこつを会得《えとく》するまでは、

「今のわたしはそれどころではありません。店の跡取りが気になるのなら、どこぞから養子を迎えればよいことでしょう……」

と、縁談が持ち込まれると怒ったように応えていた。

それを知るだけに、宗右衛門は松太郎の言葉に重みを覚えたのである。

ましてや、生と死の狭間《はざま》に身を置く剣客にとって、町の男女のような〝押しかけ女房〟は甚《はなは》だ迷惑であるのは、わかりきったことであった。

それを知りつつ、かわいい娘には恋した男と添《そ》いとげさせてやりたい。その相手が

質実剛健《しつじつごうけん》にして清廉《せいれん》な松田新兵衛という快男児《かいだんじ》であれば何も言うことはない――。

　そう思って見守ってきたのも、親ならではの欲目である。

　いつまでも松田新兵衛を想い続けていたいお咲の気持ちは健気《けなげ》であるが、だからといって新兵衛に、お咲を娶ってやってくれとは言えた義理でない。

　松田新兵衛目当てに剣術を習っているというならば、新兵衛にその気がないなら好《い》い加減に諦めた方が互いのためによい――。

　松太郎はそう言うのである。

「その上に、棉江とかいう女剣術使いに木太刀での果し合いを望まれたというではありませんか。いつどこで何者に襲われるかもしれぬ……。町の女がそんな暮らしを送るのはいかがなものか……。この度は怪我ですんだからよかったようなものの、下手《へた》をすればお咲の左腕は使いものにならなくなっていたかもしれないのですよ。大旦那、それでもまだ娘に、思うようにさせてやると仰るのですか……」

　宗右衛門とお咲は返す言葉がなく沈黙した。

　聡明《そうめい》なお咲は、松太郎の言うことは、商家の跡取り息子としてごく当り前で、それはそれで父・宗右衛門とは違った形で、自分への愛情を注いでくれているものであると受け止めていた。

一間《ひとま》の内はしばし水を打ったような静けさに包まれたが、やがてお咲が声を絞《しぼ》り出すようにして言った。

「兄さんの言うことはよくわかります。でもわたしはもうしばらく、今の暮らしを続けさせてもらいたいのです……」

松太郎はその応えを予想していたのであろう。軽く頷いて、

「父親からの許しを得ているのだから、岸裏道場で剣術を鍛えたいなら思うようにすれば好い。だが、いつまで待っても、松田先生はお前を妻にする気はないようだから、先生のことは思い切りなさい」

穏やかに、諭《さと》すように言った。

「それは……」

お咲は苦悩に顔を歪《ゆが》めた。

たとえ一生、自分を妻にしてくれなくてもいい、お咲はそれでも松田新兵衛の傍に居たいのだ。

だが商家の娘にそんなことが許されるはずはなかった。宗右衛門の溺愛《できあい》に甘えて、自分の想いを貫《つらぬ》いてはいるが、新兵衛を追いかけて三年以上が過ぎている。この上己《おの》が想いを貫くと、宗右衛門が馬鹿な親になってしまう。

それに、剣術修行と新兵衛への恋慕《れんぼ》を同じに考えるのも、言われてみれば確かに不《ふ》謹慎《きんしん》である。

松太郎の言うことは堂々たる正論であった。

「お気に召《め》しませぬのなら、お父っさんにお願いして勘当《かんどう》していただきましょう……」

お咲は松太郎があまりにうるさいことを言うならば、このように言い返すつもりであったが、目の前で松太郎の言い分を聞いて、お咲と共に苦悩する宗右衛門の様子を見ると、それは言えなかった。

自分は向こうみずで、いざとなったら何をしでかすかわからない女であると思ってきたが、二十歳《はたち》を過ぎて世の中を知るうちに、周りを気にする分別が身に備わり、それが自分をがんじがらめにしていることに、お咲は今気付いたのである。

「ふふふ……。松太郎、お前もしっかりしたことを言うようになったものだ。確かにお前の言う通りだ。お咲、このままではきりがない。松田先生のことは思い切りなさい……」

懊悩《おうのう》するお咲に宗右衛門が言った。

「お父っさん……」

お咲は宗右衛門に縋《すが》るような目を向けたが、宗右衛門の目の奥は頬笑《ほほえ》んでいる。

「だが、松太郎は親の許しがあるならば、岸裏道場で剣術を鍛えてもよいと言ってくれている。松太郎、そうだな……」

「それは、まず稽古事のひとつとして……」

「もちろん今とて稽古事のひとつだ。お咲、この後は、腕を紫色に腫らしたりすることのないよう、よく考えて励みなさい」

宗右衛門の言葉で、お咲の表情が再び明るくなった。

宗右衛門は、松田新兵衛のことは思い切って、剣術の稽古に励むようにと言った。

しかし、思い切るも何も、そもそも新兵衛とお咲は末を言い交《か》わしたわけではない。

今とてお咲は、新兵衛を慕う気持ちを公言してはばからないものの、剣術の稽古場では師範代と門人の立場をわきまえて接している。

そして、どのような形であっても、お咲は日々松田新兵衛と会って言葉を交わしてさえいれば幸せなのである。

ここは松太郎の手前、思い切ったと言っておけば好いのだ――。宗右衛門はそのように目で語りかけていることに、お咲は気付いたのである。

「はい……」

　お咲は神妙に頷いた。

「元よりお慕い申し上げるなど、大それたことと思っておりました。そのような想いはきれいに捨てさり、これからは地道に剣術のお稽古に励みたいと思います。松太郎兄さん、あれこれ心配をかけましたが許してくださぃ……」

　つくづくと詫びを入れられると松太郎も、これ以上は文句をつけられない。

「わかってくれたらいいんだよ……」

　その口調もやさしげなものになり、

「どうしてそんなひどいことを言うんだ……。お前はそう思ったかもしれないが、後になってみれば、それでよかったのだときっと頷けるはずだよ。いや、これはまた大旦那の前で、偉そうなことを言ってしまいましたが……」

　と、笑顔を見せた。

「ああ、お前は本当に偉そうだ……」

　宗右衛門も、ほっと息をついた。

「だが、妹が剣の道の深みにはまっていくことに危うさを覚えるのは、身内としては当り前のことだ。わたしもいささかお咲から目を離し過ぎたようだ。この先は気をつけよう。それゆえ松太郎、お前も人のことに構っておらずに、早く一人前になって嫁をもらわねばな」

そして、百人もの奉公人を抱える田辺屋の主の威厳をもって松太郎に向き直った。

「それを言われると一言もありません……」

松太郎は苦笑いで、それからはお咲の腕の怪我のことにも、岸裏道場のことにも触《ふ》れず、父親想い、妹想いのいつものやさしい松太郎に戻って、商いの話や奉公人達の話に時を過ごした。

宗右衛門はそれにいちいち相槌《あいづち》を打ち、時には諭し、己が意見を述べてやったが、心の内は、お咲の松田新兵衛への恋情に、そろそろ何らかの決着をつけないといけないものか、その想いで溢《あふ》れていた。

しかし、その傍でにこやかに父と兄の話を聞いているお咲はというと、

——松田新兵衛様のお傍近くにいられるなら、どんな嘘《うそ》だってついてやる。

胸の内で決意を新たにしていた。

先ほどは松太郎の思わぬ攻勢にたじろいで、その場しのぎに松田新兵衛のことを思い切るような物言いをしてしまった。

自分がこんな時、意外や分別のある商家の娘に変身してしまうことも悟った。

それでも少し時がたって心が落ち着いてくると、自分を慈《いつく》しんでくれている兄・松太郎の気持ちをありがたいと感じ入りつつも、

――本当にわたしを想ってくれるなら、放っておいてもらいたいものだわ。だいたい、松田先生がわたしを妻に望むことはないなどと、どうして言い切れるのでしょう。

という、近頃俄《にわか》に大人ぶって分別くさくなった兄に対する反発が頭をもたげてきた。そうなると兄妹ゆえに遠慮がなくなってくるものだ。

――兄さん、わたしを侮《あなど》ってはいけませんわよ。

反抗する気持ちが湧いてくる。

だが今は殊勝にしていなければならない。その頭の火照《ほて》りを冷《さ》まそうと、

「お茶など淹《い》れて参りましょう……」

お咲は父と兄に声をかけると、立ち上がって廊下へと出た。

夜風はすっかりと秋のものになっていた。

お咲は庭の向こうの月を眺《なが》めて手を合わせた。

「ああ、お月様……。どうかわたしの恋を成就させてくださりませ……」

三

それから数日が過ぎたある日の昼下がりのこと。

いつもの手習いを終えた秋月栄三郎の傍に、手習い子のおはなが寄ってきて、

「これを……」

と囁《ささや》くように告げて、小さく折りたたまれた文《ふみ》を渡した。

おはなは、住み込みの女中として奉公する母親のおゆうと共に、田辺屋で暮らしている。

あれこれ不幸な境遇に身を置いていた母娘《おやこ》を、栄三郎が宗右衛門に頼んで居職が渡るようにしてやったのだが、母娘共に気に入られ、おゆうは奥の仕事を任され、おはなは田辺屋から栄三郎の手習いに通い、田辺屋ではお咲の身の回りの世話をしていた。

といってもおはなはまだ九つで、ぱっちりとした目が愛らしく、その利口な立居振舞がお咲にはかわいくて仕方がない。

それで、何かというとお咲が妹のように連れ回しているというわけだ。

日頃、宗右衛門も、

「ここ一番という時の遣いは、こんにゃく三兄弟よりおはなの方が余《よ》ほど頼りになる……」

などと言っているから、この文はきっと店の者にも内緒の呼び出しに違いないと、栄三郎は見た。

「おはな、このことは……」

「はい、だれにも話してはいけません……」

声を潜《ひそ》めて問う栄三郎に、おはなは素早く返答した。

「よし、ご苦労だったね……」

栄三郎はニヤリと笑っておはなを帰すと、文を開いた。

それは案《あん》の定《じょう》、宗右衛門からの呼び出し状であった。

何卒、暮れ六ツ（午後六時頃）に鉄砲洲の船宿〝和泉屋《いずみや》〟まで来てもらいたいとある。

文からは、何やら切迫したものを覚えた。

とはいえ、田辺屋ほどの大店の主がそっと栄三郎に会いたいというのは、商いの大事や人の生き死にに関わるほどのものではなかろう。

「ふッ、ふッ、お咲のことだな……」

いそいそと日暮れて後に出かけてみれば、和泉屋の小部屋で大きな体を縮《ちぢ》めるようにして、宗右衛門が待っていた。

ここは冬になれば甘鯛《あまだい》、今頃は鰆《さわら》を塩焼きにして出してくれるのが真《まこと》に美味《うま》いのだが、宗右衛門はまだ膳《ぜん》の物には手を付けていなかった。

「いきなり文など送り付けてしまいまして、申し訳ございません……」

宗右衛門はまず詫びると、女中に酒肴《しゅこう》をたっぷりと揃えさせ、栄三郎と二人だけになり、

「いや、松太郎の奴が、どうも食えぬ男になりましてな……」

と、切り出した。

それからは、観月の宴の夜の話となった。

「そうでしたか。それでお咲は新兵衛のことを思い切ると……」

栄三郎は松太郎の、宗右衛門、お咲父娘への反発を聞いて苦笑いをした。

「まあ、兄としては当り前のことかもしれませんね……」

「はい、それゆえに、松太郎の言い分にも耳を傾けてやろうと思いまして……」

「まずその場を収めようと、お咲に新兵衛を思い切るようにと、申されたわけです

な」

「お咲の岸裏道場での稽古は続けても好いと言ったので、その言葉尻《ことばじり》は押さえておこうと……」

「松太郎殿もそこは人がよろしいようで、剣術をやめろ、新兵衛を思い切れでは、お咲も自棄《やけ》をおこすと思ったのでしょう」

「そこを衝《つ》いて、ひとまず思い切ったと言っておけば、そのうちまた好い方策も見つかると、その場を収めたつもりだったのですが……」

頭の好いお咲は宗右衛門の意図《いと》を汲《く》んで、

「思い切る……」

と、意思表示をして松太郎の顔を立てたのであったが、

「松太郎もそのあたりのことは読んでいたようでして……」

宗右衛門は渋い表情を浮かべた。

「新兵衛を思い切った上からは、嫁に行けと言い立てましたか」

栄三郎は勘を働かせた。

「その通りでございます……」

宗右衛門はさすがは栄三先生だと、大きく頷いてみせた。

「松太郎め、密《ひそ》かにあれこれ画《え》を描いていたようです……」

観月の宴を催した二日後。

宗右衛門を一人の男が訪ねてきた。

米沢《よねざわ》町三丁目に住む町医者平川森《ひらかわしん》右衛門《えもん》——なかなかの有名人である。

何が有名であるかというと、彼は医師の傍《かたわ》らで多くの縁《えにし》を繋《つな》いでいる凄腕《すごうで》の仲人《なこうど》なのだ。

「なるほど、そうきましたか……」

栄三郎は溜息《ためいき》をついた。

お咲ほどの女に慕われながら、一向にその仲を進展させようとはしない松田新兵衛へ、栄三郎は苛立《いらだ》ちを覚えていたが、兄の松太郎はそれ以上に腹だたしく思っていたに違いない。

そんな薄情な男は思い切れ。兄が好い相手を見つけてやる、というところであろう。

「やはり、それは松太郎殿の差し金で……」

「そうに決まっておりますが、森右衛門さんが訪ねてきた時は、松太郎め、まるで知らぬ顔を決め込んでおりましたよ」

「左様《さよう》か……。それは確かに食えませぬな」

宗右衛門は森右衛門とは面識があった。

というよりも、この森右衛門と出会わぬ名士はまずいないというほどに、彼は、方々で縁談をまとめている。

宗右衛門も取引先の商家の何軒かが、森右衛門を仲人として縁組みをしているので、自《おの》ずと宴席などで顔を合わすことになるのだ。

森右衛門は方々に顔が広く、家と家との利害が成り立つよう考え、事を迅速《じんそく》に進めていくことから、ちょっとした商家の主人達からは、

「そろそろ娘も年頃だ。森右衛門さんにひとつ、好い相手がいないか、様子を見てもらうとするか……」

などという声がいつしかあがるようになっていた。

実際、互いに商いが芳《かんば》しくなかった両家が、森右衛門が繋いだ縁によって、好転し始めた例も多々ある。

商いの修業一筋で、まるで嫁をもらう気などない松太郎の様子を嘆《なげ》いて、

「若旦那の嫁取りを、森右衛門さんに頼んでみますか……」

大番頭の次兵衛《じへえ》が、宗右衛門に冗談めかして言ったこともあったくらいだ。

「はッ、はッ、商人は嫁をもらうのも大きな仕事ですよ。己が甲斐性《かいしょう》で見つけてくるくらいでないと、田辺屋の跡取りとはいえません」

宗右衛門はその折、次兵衛の言葉を一笑に付したという。

縁結びとして名高い森右衛門であっても、こういう主がいる田辺屋ほどの大店となれば近寄り難い。

それゆえ、森右衛門としてはここに松太郎という恰好《かっこう》の新郎がいるのに、その食指を動かすことはなかったようだ。

しかし、松太郎が森右衛門を訪ね、

「妹のお咲に縁談を持ってきてくれるのなら、わたしが後押しをいたしますよ……」

などと言ったのであれば話が変わってくる。

江戸でも指折りの呉服店である田辺屋の娘の縁談をまとめられたら、森右衛門の縁結びとしての格はまたひとつ上がるであろう。

医師の副業として小遣い稼ぎに始めたという仲人であったが、今では森右衛門の名誉となり生き甲斐にもなっている。

この日、ついに田辺屋へ乗り込んできたのである。

「それで、森右衛門殿は何と……」

人と人とを繋ぐ取次屋稼業に身を置く栄三郎にとっては、森右衛門の出方は大いに興をそそられる。

「それが、何とも穏やかで、遠回しなものの言い様でございましてな……」

森右衛門は宗右衛門に会うや恐縮の面持《おもも》ちで、

「いやいやお忙しいこととは存じ上げたのですが、ちょっとばかり頼まれ事をいたしまして、田辺屋さんにお話を聞いていただきたいのです……」

歳《とし》の頃は宗右衛門と同じ五十絡《がら》み、ふくよかな宗右衛門と違って、森右衛門は小柄で細面《ほそおもて》、鬢《びん》は薄さが目立ち老《ふ》けて見える。

だがそれだけに、好々爺《こうこうや》の風情《ふぜい》があり、縁を取りもつ者としての趣《おもむき》がある。

宗右衛門は、森右衛門の来訪を報された時から、お咲への縁談を持ってきたのではないかと直感していたので、少しばかり身構えていた。

それをすかすかのように、森右衛門はまず両国《りようごく》の足袋《たび》屋〝廣野屋《ひろのや》〟の話をし始めた。

「先日、両国の廣野屋さんに足袋を求めて立ち寄りました折、ご主人の万右衛門《まんえもん》さんと顔を合わせまして……」

「ほう、そうでしたか、万右衛門さんはお変わりなく……」

「はい、お顔の色も好く、老けこんではおりませんでした」

「それは何よりでした」

「そういえば、田辺屋さんとはご先代同士、仲がおよろしかったとか」

「はい。今も万右衛門さんとは親しくさせてもらっているのですが、お互いにここ何年もの間は忙しくなりまして、暮れのご挨拶《あいさつ》などの他は、なかなかお目にかかることができません」

「左様でございましょうねえ……。宗右衛門さんも万右衛門さんも、お店を継《つ》がれてからは商いが大繁盛……。いやいや、会えぬが華《はな》というものでございましょう」

ゆったりと話す森右衛門の調子にのせられて、宗右衛門は廣野屋とのかつての交誼《こうぎ》を懐《なつ》かしんだ。

まだ松太郎やお咲が幼い頃は、互いに家族ぐるみで行き来したこともあった。

しかし、そういう段取りを仕切っていた女房を、宗右衛門、万右衛門共に亡くし、そして互いに商いが繁盛して多忙となり、この十年ばかりはそんな付き合いもなくなっていた。

人との付き合いというものは、一旦《いったん》疎遠《そえん》になると、それを元に戻すことはなかなか出来なくなるものだ。

宗右衛門は森右衛門から久しぶりに廣野屋の名を聞いて、あれこれ物思いをした。

ところが、そうして考えてみると、廣野屋には仲太郎《なかたろう》という息子がいた。

歳は松太郎より二つばかり下で、今でも独り身であったはずだ――。

宗右衛門ははっとして、

「森右衛門さん。今日お越しの儀《ぎ》は、もしかして、仲太郎さんのことでは……」

と、問いかけた。

「さすがはお察しが早い。万右衛門さんは足袋を求めるわたしに、仲太郎さんを付けてくださいまして。それでまあ、あれこれ選んでもらいながら話をするうちに、まあ、その、そろそろ嫁を迎えねばなりませんなあ……。などという話になりまして……」

「仲太郎さんが、お咲を嫁に望みたいと……」

「とどのつまりはそういうことになりますが、これはまだ縁談というものではなく、長く会っていないお咲さんに、一度どこかで会ってみたいというくらいのことでございまして……」

森右衛門が言うには、それゆえ話を大きくしたくはないと仲太郎は言っている。

だが、いい加減な気持ちで会うつもりはない。会う限りにおいては嫁に迎えるつもりでいたいし、まず、何よりもお咲には心に決めた人がいるかどうかが大事である。自分からそんなことを宗右衛門に話せるものではない。だからといって、父・万右衛門を通すと話が大きくなる。

そういうところを上手《うま》く問い合わせてはもらえないだろうか――。

仲太郎とはそんな話になって、それならばまず様子見をして参りましょうと、森右衛門は訪ねてきたというのだ。

「なるほど、足袋を選んでいる間にねえ……」

話を聞いて栄三郎はふッと笑った。

恐らく森右衛門は田辺屋の松太郎から、お咲に廣野屋の仲太郎との縁談を持ちかけるよう示唆《しさ》されたのであろう。

仲太郎は子供の頃にお咲と何度か顔を合わせている。お咲は幼い時から聡明で愛らしかったというから、仲太郎の心に残っているはずだ。

話をするうちに、お咲のことを思い出させたか、お咲との思い出を引き出したか、いずれにせよ、森右衛門は仲太郎がお咲に対して想いを寄せている事実を巧みに摑《つか》んだものと思われる。

「大旦那は何と応えられたのです」

「今のところお咲には、心に決めた男はいないと……」

「そういうしかありませんね……」

つい先日、松太郎の前で松田新兵衛を思い切れと言った宗右衛門である。

「しかし、言ってやりましたよ。お咲はもはや女にあらずと……」

宗右衛門は、仲太郎がお咲に対して昔の誼《よしみ》でそんな風に想ってくれているとはありがたいが、現在お咲はどういうわけか剣術に取り憑かれて、男をしのぐ腕前になっている。とてものことにこの御転婆《おてんば》を、廣野屋ほどの店に嫁《とつ》がせるわけにはいかないと、大袈裟《おおげさ》に言ったという。

森右衛門はそれを聞いて一瞬驚きを浮かべたが、

「いやいや、それはまたたくましいことでございます。廣野屋さんも今では大店。嫁に万が一のことがあっても、そのように強いお人なら安心というもの……」

すぐに顔を綻《ほころ》ばせて、

「では宗右衛門さん、まずはお伝えしておきましょう……」

そう言い置いて帰っていったそうな。

「う〜む、何やら気持ちが悪《わる》うござるな……」

栄三郎は、森右衛門という男に不気味さを覚えた。

狙った獲物は逃がさぬような凄《すご》みが、話の端々《はしばし》から伝わってくる。

しかし、宗右衛門に言わせると、仲人というものは、有無《うむ》を言わさずに話をまとめてしまう強引さも必要で、森右衛門の人となりは世間から縁結びの神様として好意的に受け入れられているという。

「これは、どんどんと話を進めていきそうですねえ……」

栄三郎は唸った。

「わたしもそう思うのです」

宗右衛門も渋い表情で頷いた。

とにかく仲太郎とお咲を引き合わすだけでも——。

廣野屋万右衛門を納得させて、森右衛門は宗右衛門に再び問い合わせてくるに違いない。

親の代からの付き合いである廣野屋のことである、宗右衛門も引き合わせるだけだと言われれば断るわけにはいくまい。

森右衛門はそういう状況もすべて見越して、己が策を進めているのかもしれなかった。

「で、この話をお咲には……」

「まだ話してはおりません」

「いずれにせよ、お咲は嫌《いや》がるでしょうね……」

「はい。とはいえ、松田先生のことは思い切れと言った手前、とにかく会うだけでもと言われたら、断るわけにも参りません。これはわたしとしたことが、松太郎を見くびっておりました」

「好い跡取りをお持ちで……」

「おからかいくださりますな」

「からかってなどおりませんよ。松太郎殿は間違ってはいない……。天下の田辺屋宗右衛門に揺さぶりをかけるとは大したものです」

「ふふふ……、喜んで好いやら、口惜《くや》しがるべきなのか……」

「それで、この栄三郎はいったい何をすればよいので」

栄三郎はニヤリと笑った。その問いかけは言わずもがなのことで、あくまで自分は田辺屋宗右衛門の想いのままに動くつもりだという笑みであった。

「はい、かくなる上は、月下老人が攻め込んできた時は……」

宗右衛門もニヤリと笑った。

「その企《たく》みを潰してやればよろしいのですな」

「忝《かたじけの》うございます……」

「ふッ、ふッ、月下老人ですか……」

ある若者が、月夜に会った老人から、将来の妻を予言されたという中国の故事から、男女の仲を取り持つ人のことをこう呼ぶ。

田辺屋の松太郎は観月の夜に、森右衛門のことを思い出したのであろうか。

妹のことで偉大な父に戦いを挑む松太郎が、栄三郎には痛快に映った。

しかし、お咲には何としても無二の友である松田新兵衛の妻となってもらわねばならない。

栄三郎は月下老人・森右衛門との対決を頭に描き逸《はや》る思いに身を震わせたのであった。

四

森右衛門の動きは早かった。

田辺屋に宗右衛門を訪ねてきた二日後には、廣野屋の意向を伝えに再び田辺屋にやってきた。

まず森右衛門は、仲太郎に今のお咲の様子を伝えた。宗右衛門が語った〝剣術狂い〟のことも含めて話したというが、恐らく森右衛門は宗右衛門から話を聞く前から、そのあたりの事情は知っていたのであろう。そういう男勝りなところもまたお咲の魅力で、田辺屋の奉公人達からは一様に慕われているなどと、お咲の好いところもきっちり付け加えたようだ。

仲太郎に否《いな》はない。

まだ子供の頃に会ったお咲の面影が森右衛門の話の隅々から窺《うかが》われて、ますます会いたくなってきた。

それを確かめて森右衛門は廣野屋万右衛門に話を持っていった。

万右衛門は、驚いた。仲太郎がお咲のことをそんな風に思っていたとは、まるで考えていなかったからである。

万右衛門自身は、仲太郎の嫁に田辺屋のお咲がきてくれれば好いものをと、かつて思ったことがあった。

しかし、宗右衛門がお咲を手放したくないほどにかわいがっていることは知っていたし、口に出せぬまま時が過ぎ、今さらという感があった。

このところは滅多《めった》に顔を合わす機会もなくなったが、それでも去年の暮れに会った時は、お咲が剣術の稽古に打ち込み始めたと恥ずかしそうに言っていたのを覚えている。

その時は、剣術の稽古など始めていったいどうするつもりなのであろう。それをもって、娘を武家に嫁がせるつもりなのか――。いずれにせよおっとりとした仲太郎と快活《かいかつ》なお咲との間は、すっかり縁遠くなったと思ったものだ。

それが、仲太郎はお咲への想いを持ち続けていて、月下老人といわれる森右衛門に、今のお咲の様子を確かめてもらいたいと頼んだという。

幼い頃に何度か顔を合わせているのである。お咲の様子を知りたければ、

「近くまで来たので立ち寄りました……」

などと言って田辺屋を訪ねればよいことではないか。

それを森右衛門に頼んだのは、馴《な》れぬことをして、お咲にふざけた男だと思われるのが恐かったからであろう。

年頃の娘のことを訊《たず》ねるのであれば、何事も折目を正さなければならない――。

日頃から生真面目《きまじめ》な仲太郎らしい物の考え方である。

しかし、その生真面目さは、父として誇ってやりたいと思う。

田辺屋宗右衛門ほどの男が手放したくないと思うお咲である。幼い頃は勝気で我《わ》が儘《まま》なところも見受けられたが、器量は申し分なかったから、今ではさらに好い娘になっていると思われる。

子供の頃の面影を心にしまい、今となってお咲を嫁に望む覚悟で会ってみたいという仲太郎の想いは健気で、

「それならばとにかく一度、会わせてやっていただけたらと思います。宗右衛門さんさえよければの話ですが……」

まず問い合わせてもらいたいと、万右衛門も森右衛門に間に立ってもらうよう頼んだという。

「廣野屋さんは、気が乗らなければ断っていただいても結構だと仰っています」

森右衛門はそう言った。万右衛門が直《じか》に頼めば宗右衛門も断りにくかろうという配慮をみせたのだが、宗右衛門にしてみれば誰が間に立とうと、廣野屋の頼みとなれば断るわけにはいかなかった。

「そもそもお咲と仲太郎さんとは、子供の頃は共に遊んだ間柄です。縁談という堅苦しいものではなく、共に親子連れで出かけたところ、思いもかけず行き合った……。そのようなことでどうでしょう……」

宗右衛門はそう応えた。

「わたしもそれをお勧《すす》めしようと思っておりました……」

森右衛門はもっともなことだと相槌を打った。

つまり見合をさせようというのだ。

この頃の見合は、互いの家族が寺社などの参詣《さんけい》に訪れた帰りに、茶屋などで偶然に出会った体《てい》で男女を引き合わすのがよくある方法であった。

とはいえこの場合は、親同士の意図で息子と娘を見合させるのとは違って、仲太郎の意志によるものであるから、とりあえず会ってみるだけという段階からは一歩先を進んでいる。

これを契機に、森右衛門は両家の間を行き来して、縁談に発展させ決めてしまおうと目論《もくろ》んでいるのであろう。

「善は急げと申します……」

森右衛門は、宗右衛門の了承を取り付けるや、その場で見合の段取りを決めてしまった。

宗右衛門は、あれこれ予定があるとその日程を先へ延ばし、結局五日後の正午に亀《かめ》戸天神門前《いどてんじんもんぜん》で廣野屋父子と行き合う段取りとした。

「あれこれ構えてもいけません。お咲には何も告げずに連れて参りましょう」

「それは何よりでございます。何と申しましても、この度のことは、仲太郎さんが会ってみたいというお望みを叶《かな》えてさしあげるだけのことでございますから……」

宗右衛門の言葉に森右衛門は喜んで、その日は帰っていった。

「やれやれ……」

宗右衛門は溜息をついた。

森右衛門は少しずつ外堀《そとぼり》を埋《う》めていくつもりのようだが、そうはさせぬ――。

宗右衛門は、お咲には仲太郎のことは知らせずに、まずは亀戸天神に連れて参りましょうとは言ったが、それは森右衛門との会話に耳を傾けているであろう、息子・松太郎を欺《あざむ》くための方便《ほうべん》であった。

この後は、お咲には廣野屋との間に俄に縁談が起こりつつあると告げ、何とか二人で断る方法を講じたいと思っていた。

しかし、森右衛門が帰るやすぐに、宗右衛門の許に松太郎が訪ねてきて、

「今しがた森右衛門さんがお越しのようでしたが、いったい何のお話でございましたか……」

と、問うてきた。

松太郎が画を描いたとしか言いようがないにもかかわらず、真に面《つら》の皮の厚い奴だと思いながらも、どうせ知れることであるからと、宗右衛門は廣野屋との見合を語り聞かせた。

「ほう……、仲太郎さんと……。そうですか……」

松太郎はその名を聞いた時、一瞬ぽかんとした表情となった。

松太郎はお咲の縁談の口を森右衛門に頼んだものの、森右衛門が廣野屋の仲太郎に話を持っていったことまでは知らなかったようだ――。その表情から、宗右衛門はそのように推察した。

「なるほど、そうきましたか……」

田辺屋と廣野屋の間柄をよく調べて、仲太郎に白羽の矢を立てた森右衛門の手腕に松太郎は感心してみせたが、その様子に嘘は見られなかった。

とすれば、ますます森右衛門は侮れない。ましてや松太郎と手を組んでいるなら尚さらである。

宗右衛門は気合を入れ直したが、

「それで、会うだけは会ってみようと……」

松太郎は探るような目で訊ねてきた。

「ああ、廣野屋さんは知らぬ仲ではないからね」

「それがよろしゅうございます。仲太郎さんは真面目な好い男ですからね……」

添えぬ男をいつまでも追うより、お咲にはそれが一番の幸せだとばかりに、

「うん。よかった、よかった……」

と、松太郎は上機嫌で宗右衛門の前から去った。

宗右衛門は腕組みをした。

お咲は今、岸裏道場へ稽古に出かけている。

お咲は森右衛門という男のことはまるで知らないが、先日も今日もお咲の留守中に森右衛門を訪ねさせたのは、松太郎の差し金であったのに違いない。

森右衛門に言ったように、お咲には縁談のことは告げずに亀戸に連れていくと松太郎に言ったので、家の中でお咲と策は練《ね》りにくい。

となれば、これしか策はない――。

宗右衛門は文机《ふづくえ》を引き寄せ、秋月栄三郎への文を認《したた》めた。

これは明日、また先《せん》だってのように、奉公人であるおゆうの娘・おはなに託《ことづ》けるつもりであった。

家で話がしにくければ、家の外で栄三郎からお咲に告げてもらうしか道はない。

我が家で娘と話せぬもどかしさを振り払うかのように、宗右衛門は猛烈な勢いで筆を走らせたのである。

五

かくしてその翌日。

件《くだん》の文はおはなの手によって秋月栄三郎に届けられた。

栄三郎は、これを一読するや苦笑いを浮かべて、手習い子が帰った後の手習い道場で物思いに耽《ふけ》った。

しかしすぐに段取りが頭に浮かんだか、又平と少し言葉を交わした後に家を出て、京橋北詰《きたづめ》にある菓子店で〝きんつば〟を買い求めてから、岸裏道場へと向かった。

そろそろお咲の稽古が終る頃であった。

門を潜《くぐ》ると、ちょうど稽古を終えたお咲が松田新兵衛に教えを請《こ》うているところであった。

新兵衛をじっと見つめるお咲の表情には、えも言われぬ哀切《あいせつ》が潜《ひそ》み、はッとする美しさがあった。

堅物《かたぶつ》の新兵衛にも、お咲の表情の変化はわかるのであろう。

「お咲、このところ打ち沈んだ様子だが何かあったか……」

ずしりと響く声でお咲に問うた。

「いえ、何もございませぬ……」

お咲は思わぬところで憂《うれ》いが顔に出たことを恥《は》じて、ことさらに明るい表情を取り繕《つくろ》ってその場を退《さ》がった。

新兵衛は小首を傾《かし》げたが、すぐにいつもの厳《おごそ》かな表情に戻って、次に控《ひか》えていた門人に注意を与え始めた。

――何かあったかはないだろう。

栄三郎は溜息をついた。

心にもない方便であっても、恋い慕う新兵衛を思い切ると言ってしまったのである。

そのことがお咲の胸の内を切《せつ》なくしているというのに、新兵衛はまるでわかっていない。

新兵衛は、苛々《いらいら》としながら庭先からこのやり取りを見ていた栄三郎に気付き、門人を退がらせると、

「珍しいではないか。おぬしが稽古にくるとは……」

栄三郎の想いなど知る由《よし》もなく、よく通る声でからかうように言った。

「残念ながら稽古に来たのではない。お前の好物のきんつばをもらったので、少し届けようとな」

お咲の縁談のことなどは、松田新兵衛の耳には一切入れずにおこうと、宗右衛門とは確かめ合っていた。

それを伝えたとてどうなるものではないし、何よりもお咲が哀《かな》しむと思ったからだ。

それゆえに、田辺屋の外でお咲を捉えるのに、きんつばを持ってきた体で岸裏道場を訪ねたのである。

「おお、これはありがたい……。近頃は甘い物が恋しゅうなってな……」

新兵衛は威風堂々《いふうどうどう》たる体を揺すって、友の心尽くしに謝した。

——甘い物よりお咲を恋しゅうなってやれ。

栄三郎は心の内でこのわからず屋に怒りながらも、友の笑顔には気分も和《なご》み、きんつばを新兵衛に手渡すと、

「お咲の稽古は済んだのか……」

「ああ、見ての通りだ」

「調子はどうだ」

「このところどうも気が入っておらぬようだ。そのうち着替えて出て参るゆえ、何かあったのなら栄三郎、おぬしが話を聞いてやってくれぬか……」

「そうか、二十歳を過ぎた女が嫁にも行かずに剣術狂いだ。まあ色々あるのだろうよ、色々な……」

これにはさすがに新兵衛も困った顔をしたが、そこへ町の女へと姿を変えたお咲が出てきて、栄三郎の姿を見て目をぱちくりとさせた。

「おお、お咲、今終ったのならちょうどよかった。これから日本橋の方へ行かねばならぬので、店のあたりまで共に参ろう」

栄三郎はそういうと、ちょっと意味ありげにお咲の目を見て頬笑んだ。

——先だってのお月見の夜のことを、お父っさんからお聞きになったのに違いない。

お咲は勘よく察して、

「それは嬉《うれ》しゅうございます……」

にこやかに頷くと、新兵衛に礼をして栄三郎に従《したが》った。

その刹那《せつな》、新兵衛は栄三郎に、お咲を頼んだぞと目で語りかけた。

——根は誰よりもやさしい男だというのに、何ゆえ恋には頑《かたく》なのだ。

栄三郎は、ふっと笑ってお咲と共に稽古場を出るや、本材木町の通りを北へ出てすぐ左に折れたところにある稲荷社《いなりしや》の裏手にお咲を誘った。

やはり何か自分に用があって栄三郎は稽古場を覗いたのだ——。

すぐに悟ったお咲は、辺りを見廻して素早く栄三郎に従った。

「お咲、ちょいと大変なことが起こっているようだぜ……」

栄三郎は、宗右衛門に密かに呼び出された経緯を手短に話した後、宗右衛門からの密書をお咲に見せた。

「何ということを……」

お咲は、松太郎の自分への干渉と、月下老人・森右衛門の登場にたちまち憤《いきどお》りを覚えた。

この当時、見合の仲人を務める者のことを川柳や狂歌で茶化す人が多かったという。

縁談をまとめてしまうためには、少々の嘘もつくし、都合好く話を盛る仲人がいたからであろう。

お咲のような快活過ぎる強い女が江戸に存在することも奇跡であるが、そのような
お咲が森右衛門のような男に好い印象を持つはずはなかった。
「お父っさんも、とにかく断ってくれたらよかったのです……」
お咲の怒りは宗右衛門にも向けられたが、お咲も廣野屋とのかつての交誼は覚えて
いた。
「そうはいっても、大旦那の身になれば、とにかく受けるしかなかろう」
あれこれ顔を立てるためにも仕方がないことなのだと栄三郎に理《ことわり》を説《と》かれて、納
得はした。よくよく話を聞けば、仲太郎の真面目さにも好感が持てるし、長く忘れて
しまっていた仲太郎との幼き日の思い出もおぼろげに浮かんできたが、それは決して
悪いものではなかった。
「そういう仲太郎殿が、きっちり人を介してお前と会ってみたいと言っているんだ。
まず、門前払いはしてやるな」
「それもそうですね……。でも、わたしは森右衛門という小父《おじ》さんに、いいように
操《あやつ》られるのが嫌でなりません。それに……」
「わかっているよ。思い切ったというのはその場しのぎの方便。どこまでもあのわか
らず屋に惚《ほ》れていたいんだろう」

「はい。心に想うのはわたしの勝手ですから」

「お前も頑固《がんこ》だね……」

「一途《いちず》……、と言ってくださいませ」

「そういうところが頑固だというのだよ」

「先生、相手は手練《てだれ》の仲人です。このままではがんじ搦《がら》めにされそうで気持ちが悪うございます。何か好い手立ては……」

「わかっているさ。会って、上手に嫌われたらいいんだよ」

「上手に嫌われる……」

「酷《ひど》く嫌われると、田辺屋の暖簾《のれん》に傷がつく。ここは上手に嫌われて、縁談を潰してしまえば好いんだよ」

「なるほど……」

お咲は先ほど松田新兵衛の前で見せた切なげな表情から一変、いつものちょっと悪戯《いたずら》っぽい笑顔に戻った。

お咲とあれこれ打ち合わせてから別れた栄三郎はすぐに手習い道場に戻り、田辺屋宗右衛門への返書を認めた。

これを翌日、手習い子のおはなに手渡すと、その文はおはなの手から、母親のおゆうへ――。

そして、おゆうが運ぶ茶菓子を載《の》せた懐紙《かいし》の下に忍ばされ、奥の居室で休息する宗右衛門の手に渡った。

「ふッ、ふッ、これはおもしろそうな……」

宗右衛門は栄三郎からの密書を読むと、久し振りに巨体を揺すって笑った。

そこには、お咲がいかに上手に仲太郎に嫌われるかが、おもしろおかしく書かれてあったのだ。

その頃、手習い道場では、その計画実行のための準備が進んでいた。

昨日の内から又平が栄三郎の意を受けて集めてきた役者達が、稽古場に集まっている。

浅草奥山《おくやま》の宮地芝居《みやちしばい》〝大松《だいまつ》〟で立女形《たておやま》を勤《つと》める河村直弥《かわむらなおや》の弟子・河村文弥《ふみや》こと、岩《いわ》石大二郎《いしだいじろう》が率《ひき》いる連中であった。

大二郎は大和十津川郷士《やまととつがわごうし》の息子で、かつて岸裏伝兵衛が本所番場町で開いていた道場に通っていた武士であった。

つまり、秋月栄三郎、松田新兵衛の弟弟子にあたり、芝居好きが高《こう》じて役者になってしまった変わり種である。

このところは少しずつ師の直弥から、ちょっとした役を任されるようになってきていたが未《いま》だに暮らし向きは苦しい。

不肖《ふしょう》の弟弟子ではあるが、栄三郎はどこか憎めぬ大二郎を昔からかわいがってい て、時に取次屋の手伝いをさせて小遣いを与えていた。

そしてこの度も、次の興行までの僅《わず》かな間を縫《ぬ》って、大二郎は弟弟子の八弥《はちや》、弥五郎《やごろう》、弥蔵《やぞう》を従えてやってきたのだが、今回、栄三郎は、この四人に町の破落戸《ならずもの》を演じてもらうよう頼んだのだ。

弥五郎と弥蔵に会うのは初めてだったが、日頃、大二郎から噂《うわさ》を聞いていたのであろう。二人共、栄三郎を見る目に親しみが籠《こも》っている。

「いいかい、亀戸天神の境内《けいだい》の外《はず》れで、皆には女一人を襲ってもらう」

栄三郎が段取りを説く。

「四人がかりで女をですか。そいつはひどい……」

八弥が泣きそうな顔をした。

「馬鹿、だから芝居だよ。言っておくが、大二郎はともかく、お前らみてえなやさ男が束《たば》になってかかっても敵《かな》わねえ相手だ」

「そんな女にかかるのは勘弁《かんべん》してください……」

「だから芝居だよ！」

「手加減してくれるから大丈夫だよ」

大二郎に諭されて八弥は恥ずかしそうに黙った。

「お咲という女に言いがかりをつけて、散々な目に遭《あ》わされる筋書だ。兄貴分が大二郎で、まず、三下が文句をつける……」

栄三郎の指導の下稽古が始まった。弥五郎が前へ出て、

「やいやい、やいやいやいやい！　そこな女め、うちの兄貴の足を、何故《なぜ》、踏んだあ……！」

大見得《おおみえ》を切る弥五郎を見て、

「大二郎、こいつもくせえ芝居しやがるな……」

栄三郎はげんなりとして言った。

「きっちりと仕込んでおきますから……」

心配はいらないと手を合わす大二郎の横で、

「弥五郎、やいやいがひとつ多いんじゃないかい……」

八弥が大真面目に注意を与えた。

「旦那、他に頼むところはなかったんですかねえ」

又平も不安になって栄三郎に呟《つぶや》いた。

「まあ、仕方がねえよ……」

その辺りのやくざ者に頼んでもよかったが、後腐《あとくさ》れが出ても困るのだ。

「だが、これで廣野屋の息子は、お咲を恐がるに違いないさ……」

栄三郎は小さく笑った。

来る見合の場で、大二郎以下四人にお咲を襲わせて、これをお咲が散々に叩き伏せる――。

もちろん、これは芝居で、四人は腹に巻く晒《さらし》の中に厚紙を仕込み、お咲も華麗な技を見せつつ手加減をするわけだが、その猛烈《もうれつ》峻厳《しゅんげん》なる技を見れば、仲太郎も胆《きも》を冷やし、この女と夫婦にはなれぬ……、そう思うであろう。

「よし、稽古を続けるぞ……」

栄三郎はお咲役に扮《ふん》し、その日から夕方になると四人を集め、入念に立廻りの稽古をつけたのである。

六

八月二十五日は亀戸天神祭である。

縁談の手配師ともいえる仲人・森右衛門は、鳥居脇《とりいわき》にある茶屋に席をあらかじめ押さえた。

離れの座敷などにすると、かえって畏《かしこ》まってしまうので、小庭に置かれた二台の長《なが》床几《しょうぎ》で懇談《こんだん》が出来るようにしておいた。

正午になると二組の親子が鳥居前で偶然に行き合う。

田辺屋と廣野屋は知らぬ仲ではない。

宗右衛門と万右衛門は積もる話も多々あるからと先に件の茶屋へと入る。そして、せっかくの祭だから、境内を一廻りしてくればよいと、宗右衛門は仲太郎にお咲を託す――。

これで見合はひとまずつつがなく済む。

そこからが自分の出番で、両家の間を行き来して、仲太郎とお咲がいかに素晴らしい若者かを伝え、少しずつ溝を埋めていけばいいのだ。

ましてや、密かにお咲の見合を進めるよう頼んできたのは、田辺屋の息子の松太郎なのであるから訳もあるまい。

いつもながらの己が手腕に満足をしながら、いよいよ見合はその日を迎え、森右衛門はそわそわとしつつ、そっと両家の様子を見守るために亀戸天神社に向かった。

何事も自分の目で確かめるのが森右衛門の信条であった。こういう時は本業の医師としての往診も休むのだが、今では森右衛門に診立《みた》てを頼む者もほとんどいなくなっていた。

亀戸は参詣の人で賑わっていた。

そっと鳥居の陰から人通りを窺うと、

「うむ、まずはよい……」

廣野屋の万右衛門、仲太郎親子が既に鳥居前にやってきていて、田辺屋宗右衛門とお咲の姿を目で捜していた。

すると、こちらも刻限通りに田辺屋父娘がやってきた。

「ああ、これは宗右衛門さんではありませんか……」

万右衛門が目を丸くして声をかけた。

「万右衛門さん……。これは驚きました……」

宗右衛門がこれに応える。

「お咲さんですか……。これはまた、少し見ない間にほんにお美しくなりましたな……」

「いやいや、仲太郎さんこそ立派になられた」

二人は、森右衛門によって予《あらかじ》め決められてあった台詞《セリフ》をまず交わした。

きっちりと立礼する仲太郎の目が輝いていた。

きょとんとした面持ちで、万右衛門と仲太郎を見るお咲を見て、やはり面影通りの快活で利口な美しいものであったと満足をしたようだ。

「よしよし、仲太郎殿も喜んでいるような……」

森右衛門は、このような若者のはにかんだ様子を見るのが好きであった。

「一度、ゆるりとお話をしたいと思いながら、すっかり御無沙汰《ごぶさた》してしまいました……」

万右衛門は息子のことで、わざわざ出てきてくれた宗右衛門を気遣い、詫びるように頭を下げた。

偶然を装《よそお》っているというのに、いかにも仲太郎の父親らしい律儀さであった。

「それはお互いさまのことでございますよ。せっかくこうしてお会いしたのです。その茶屋で休息をしませんか」

宗右衛門は、万右衛門のこういう人の好さを懐かしみつつ、打ち合わせ通り茶屋へ誘った。

「左様でございますな……。宗右衛門さんとは色々と話したいことがございました」

「ではお咲、せっかくのお祭ですから、仲太郎さんとその辺りを一廻りしてきなさい……」

「そうですねえ、二人とも子供の頃は何度か遊んだ仲だ。お咲さん、ちょっとばかり仲太郎に付き合ってやってもらえませんか……」

これにお咲は、少し恥ずかしそうに、はいと応えた。

「では、仲太郎さん、我が儘なところはちっとも変わっておりませんが、よろしくお願いします……」

「それはもう喜んで……」

仲太郎は宗右衛門にしっかりと頷いて、はにかむ顔でお咲を促して歩き出した。

――やはり会ってよかった。仲太郎はその想いを新たにしていた。

「宗右衛門さん、この度は真に申し訳ございませんでした。知らぬ仲でもなし、わたしがお訪ねしてお願いしようかとも思ったのですが、それでは話が大きくなると思いましてこのように……」

二人が傍を離れるや、万右衛門が申し訳なさそうに言った。

「ああ、いえ、仲太郎さんの真面目なお気持ちは嬉しゅうございました。とにかく今のお咲を見ていただく……。それが何よりかと」

「畏《おそ》れ入ります……」

「会えばきっと仲太郎さんはがっかりすると思いますが、その方がかえって心もすっきりするのではないかと思いまして……」

「とんでもない。お咲さんは好い娘さんにおなりになった……」

「娘といっても、もう二十歳を過ぎましたし、気の強さばかりが前に出ましてねえ」

宗右衛門は、万右衛門と並び立ち、境内へと向かう仲太郎とお咲の姿をじっと見送りながら溜息交じりに言った。

鳥居の陰からその様子を見つめる森右衛門には、若い二人を見守る親同士の頬笑ましい姿に映っていたが、

「さあ、そろそろいくか……」

鳥居に続く裏門の陰から、森右衛門と同じようにそっとこの様子を見ていた男が呟いた。

秋月栄三郎である。その傍らには又平が控えている。

そして、栄三郎の合図で、門の向こうにたむろしていた破落戸風の四人、河村文弥こと岩石大二郎率いる八弥、弥五郎、弥蔵が歩き出した。

四人はお咲とすれ違い様――。

「痛《いて》え……ッ！」

まず大二郎が顔をしかめ、

「やいやい、やい！　そこの女、お前、兄貴の足を踏んで、そのまま行こうとしやがったな。いってえどういう了見だい……」

弥五郎が凄んだ。相変わらず〝やい〟が多いが、なかなかの上達ぶりであった。

あまり騒ぎを大きくすると、人が寄ってきて邪魔が入るかもしれないので、そっと絡まないといけないのが難しいのだが、四人はこのあたりの呼吸をなかなかに飲み込んでいる。

お咲と仲太郎にだけ聞こえるように凄んでみせたのである。

――おう、やるじゃあねえか。

栄三郎は又平と頰笑み合う。

「なるほど、そういうことですか……」

お咲も大二郎とは顔見知りである。段取りはわかっている。緊張に顔を強張《こわば》らせる仲太郎を目で制して落ち着き払って言った。

「何がそういうことですかだこの尼《あま》……」

大二郎が低い声で唸った。

「ちょっと待ちなさい。言いがかりはやめてくれ……」

これに仲太郎は気丈《きじょう》に立ち向かった。

せっかくお咲と再会し、まだ二言三言、言葉を交わしたばかりだというのに邪魔をされて、平静は温厚な仲太郎もさすがに気色《けしき》ばんだのである。

「話はあちらでお聞きしましょう」

お咲は落ち着き払って大二郎にそう言うと、

「仲太郎さん、ここで揉《も》めてもみっとものうございます。一緒にきてくださいますか……」

と、境内の一隅に広がる木立の方へと歩き出した。

「お咲さん……」

あまりにお咲の態度が落ち着いているので、仲太郎は吸い寄せられるように、その後について歩いた。

「ヘッ、なかなか話のわかる女だ。おう、ついて来い……」

大二郎の芝居も上手くなったものだ。場を移して金をせびり取ろうという破落戸を上手く演じていた。

一方、お咲、仲太郎の姿を見送るうちに、二人が怪しげな男達と共に歩いていく姿を認めた万右衛門は慌《あわ》てて、

「宗右衛門さん、何やらおかしな連中が二人にまとわりついておりますが……」

と、顔をしかめた。宗右衛門は事も無げに、

「ああ、そのようですねえ……」

「宗右衛門さん、暢気《のんき》なことを言っている場合では……」

「大事ございませんよ。お咲は片をつけようとしているのでしょう。まったく困ったものです。ちょっと観《み》にいきますか……」

宗右衛門は、お咲達の向かう方へと歩き始めた。

「宗右衛門さん、あの連中をご存じなので……」

万右衛門は、きょとんとしながらこれを追った。

——いったい何が起こったんだ。

一番驚いたのは鳥居の物陰にいて、宗右衛門と万右衛門の様子を見ていた森右衛門

であった。彼もまた父親二人が行く方へついていくと、木立の中の人気のないところへ足を踏み入れた途端《とたん》に、お咲はそこに落ちていた手頃な大木の枝を拾い上げて、

「さあ、ここなら存分に相手をしてあげます。かかってきなさい！」

美しい眉《まゆ》をひそめて言い放ったものだ。

「この尼……！」

八弥が唸った。

そしてここから稽古を積んだ殺陣《たて》となった。

お咲の見せ場である。大二郎達が殺到するのを、

「ふざけるな！」

とばかりにお咲は華麗な身のこなしで、手にした木の枝を縦横無尽《じゆうおうむじん》に揮《ふる》い叩き伏せた。

この闘いにはお咲の先行きがかかっている。芝居とはいえ、力が入った。

大二郎達の胴、背、肩に木の枝が打ち込まれる。

「い、痛え……」

お咲の情け容赦《ようしや》ない打擲《ちようちやく》に堪《た》えかねた四人は、本気で痛がり、悶絶《もんぜつ》して、這々《ほうほう》の体で逃げ去った。

この様子をそれぞれの立場で、それぞれの場所から、それぞれの想いで見ている六人の男――。

仲太郎と万右衛門に物陰の森右衛門は呆然《ぼうぜん》としてお咲を見ていた。そして、宗右衛門と栄三郎と又平は、これでお咲が廣野屋父子に上手に嫌われたであろうと確信して、まずほっと息をついていた。

ただ六人全員が共有していたのは、

――世にも珍しい女がいたものだ。

という、可憐《かれん》にして凄腕で、残虐《ざんぎやく》ささえも持ち合わせているお咲への感嘆《かんたん》であった。

## 七

仲人として、縁結びの月下老人として人に知られた平川森右衛門。

彼が段取りをした、廣野屋の仲太郎と田辺屋のお咲との縁談の第一歩であった見合は、取次屋栄三の策略にて、見事に潰された。

亀戸天神の境内の一隅で、破落戸をあっという間に叩き伏せてしまったお咲に圧倒されてしまった仲太郎は、あどけないお咲の思いもかけぬ変貌《へんぼう》に驚く万右衛門と共に、その後は話す言葉を失い、茶屋に寄ることもなく店へ戻った。

「宗右衛門さんが前に仰っていた、お咲さんの剣術稽古……、これほどのものとは思いませんでした……」

万右衛門は顔を引きつらせて、宗右衛門とお咲の顔を交互に見ながら感じ入ったものだ。

とぼとぼと亀戸天神を後にする森右衛門の姿を窺い見て、秋月栄三郎と又平は少し気の毒な想いに囚われたが、さすがの月下老人も、お咲という女のことを調べ切れなかったのであるから仕方がなかったのだ。

「まあ、仲人の名人も、ちょっとばかり好い気になっていたんだろうよ」

栄三郎は、取次屋としての面目《めんもく》を施《ほどこ》し、その夜は大二郎以下四人の役者達と、居酒屋〝そめじ〟で祝杯をあげた。

口の堅い女将《おかみ》のお染《そめ》には、役者四人と仕組んだ一芝居の一件はそっと打ち明けておいた。

かつては深川の売れっ子芸者であったお染は顔が広い。何かの綻びが出た時は、うまく言い訳に合力《ごうりき》してくれるであろう。

「ふふふ……。文弥さん、馬の足から随分《ずいぶん》と腕を上げたんだね……」

お染は話を聞いて愉快に笑った。

かつて恋仲であった男は、お染を守ろうとして誤って人を殺《あや》め、今は行方知れずになっている。

その一件をほじくり返した破落戸に強請《ゆす》られて、一時は打ち沈んだ様子が見られたお染も、その破落戸が何者かに殺されて、今はすっきりと心も晴れやかだ。

破落戸を人知れず葬《ほうむ》り去ったのは栄三郎の仕業《しわざ》であったが、お染はそれに気付いているのか、気付かぬ振りをしているのか——。

「男と女を引っつけて夫婦にするのは悪くない話だが、わっちはどうも仲人で飯を食おうなんて男は好きじゃあないね。まあ、取次屋も似たようなもんだけどさ……」

いつものお染節がすっかり戻って、その夜は大いに盛り上がった。

まだ身上の厳しい役者達にも小遣いをたっぷりと渡せた。芝居とはいえ、お咲は四人を容赦なく打ち据えたから、宗右衛門も気を遣い祝儀をはずんでくれたのだ。

これで一安心だと、栄三郎はまたいつもの手習い道場での暮らしに戻ったのだが、二日の後にまたおはなが宗右衛門からの密書を携《たずさ》え手習いにやってきた。

胸騒ぎの中、栄三郎はそれを一読すると、大きな溜息をついた。

「又平、振り出しに戻ったぜ。仲太郎がお咲との縁談を進めてもらいたいと、月下老人をまた間に立てたそうだ……」

月下老人・平川森右衛門は失地回復の意を含んで、以前よりもさらに廣野屋、田辺屋両家の縁組みに乗り出した。

——まさか、穏やかで心やさしい仲太郎殿が、あのような恐ろしい女を妻に望むはずはない。

物好きにも剣術などを習っているとは聞いていたが、あれほどまでの腕前であるとは思いもかけなかった。しかしそれも自分の眼力が及ばなかったゆえであり、そのようしをまず仲太郎に詫びたのだが、

「いえ、わたしはあれほどまでに強い女子《おなご》であれば、かえって心惹《ひ》かれます。あんな女房がいれば、何事にも心強いし、外出をする時も女中一人をつけておけば足ります。その上に、女房が恐くて女遊びもできなくなる……。その戒《いまし》めはわたしにとって何よりのことです……」

仲太郎はそう言って、次の見合の日時を決めてもらいたいと、森右衛門に応えたのであった。

「いやいや、お咲さんは見事な腕前をなさっておいでだとか……」

そっと覗き見ていたことなど曖《おくび》にも出さず、田辺屋に宗右衛門を再び訪ねた森右衛門は、お咲の武勇を称《たた》えた。

「あれほどまで技を修《おさ》めるお人ですから、この先、どんな苦難が降りかかったとて、きっと一緒に乗り越えてくれるであろう……。仲太郎さんはそう仰っておりましてな……」

話をさらに盛って仲太郎の想いを、宗右衛門に伝える。

こう言われると宗右衛門も、はっきりとした断りようを失《な》くして、

「万右衛門さんは何と……」

お咲のあの姿を見れば、万右衛門の腰が引けているであろうと、そこへ話を振ってみたが、

「ああ、そのことでしたらご心配には及びません……」

お咲の強さを見て、住む世界が違う人であると万右衛門は縁談が進むことに不安を覚えたものの、仲太郎の言うことももっともだと、愛息の思うようにさせてやりたいと言っているそうな。

「左様でございますか……」

自分がお咲に対してそうであるように、万右衛門もまた仲太郎には甘いらしい。宗右衛門は苦笑いを禁じえなかった。

何とか断る方法はないか考えてみたが思いつかない。

おまけに、森右衛門の来訪を知った松太郎が、この日は満を持したつもりなのかしゃしゃり出てきて、

「大旦那、これはありがたいことではありませんか。お咲の剣術狂いも、かえって役に立ったということなのですからね」

と、仲太郎を援護した。

平川森右衛門にお咲の縁談を密かに持ち込んだのは、果して松太郎の仕業であった。

それは最早《もはや》、言うまでもないのだが、せっかく持ち上がった廣野屋仲太郎との見合の場に破落戸が現れ、これをお咲が撃退したと聞いて、松太郎は歯噛みをしていた。

これはきっと、宗右衛門が取次屋栄三に頼んだことではないかと直感したからだ。

秋月栄三郎が絡んでくると非常に厄介《やっかい》である。しかし、仲太郎の気持ちがどこまでもお咲に向いているならばこれほどのことはない。

「お咲もそんなに想ってもらって幸せですよ」

松太郎はここぞとばかり、森右衛門の話を盛りあげたのである。

「まあ、縁談は人の一生にかかわる大事でございます。まずゆるりと参りましょう……」

口ごもる宗右衛門を宥《なだ》めるように、好い見合の仕様もありましょうほどに、また考えて参りますと言い置いて森右衛門は帰っていったというのだ。

宗右衛門は断りそびれた。

その後、松太郎が商用で店を出た間に、剣術の稽古から帰ってきたお咲を捉えて、仲太郎との見合話がまだ生きていたと告げたところ、お咲は珍しく弱気になって、

「仲太郎さんは子供の頃と変わらず、やさしい人ですねえ……」

大きな溜息をついたという。

過日、仲太郎との見合を潰そうと企んだお咲であったが、仲太郎と再会をした時、そういえば自分はこの人をもう一人の兄のように思って慕っていたことを思い出した。

仲太郎は子供の頃と変わらぬ穏やかさで、いかにもやさしそうであったし、大二郎達が絡んできた時も、まずお咲を守ろうとした。

そして自分の強さを見た後も、嫌がらずにまた見合を望むならば、

──もういっそ、仲太郎の許へ嫁ごうか。その方が、松田様もほっとなさるのでは。

お咲はそんな想いに心が揺れているようだ。

皆まで言わずとも宗右衛門には、娘の想いが、その口振りでわかってしまう。

だが、そうは言っても、お咲は松田新兵衛への狂おしいまでの恋慕を胸にしまっている。そのことも痛いほどわかる。

──仲太郎という男は、お咲の婿《むこ》には申し分ないが、わたしはどこまでもお咲の気持ちを大事にしてやりたい。そのことで廣野屋さんとの仲が終ってしまっても仕方があるまい。

最終最後は、親の権威で潰してしまえば好いのだと腹を括《くく》って、宗右衛門は秋月栄三郎に再び助けを求めたのであった。

「このままでは、お咲は新兵衛を諦めちまうかもしれねえな……」

栄三郎はやりきれぬ想いで又平に言った。

「へい……。お咲ちゃんは随分と大人になっちまいやしたから」

又平は神妙に頷いた。

月下老人・平川森右衛門が、この先ますます勢いをあげれば、お咲も追い詰められよう。

自分の我が儘が、宗右衛門と松太郎の仲を不和とし、田辺屋の信用を貶《おとし》めることにでもなればやりきれない。

松田新兵衛が自分を妻にと望んでいるわけでもないのだ。このあたりが引き時だと分別してしまうかもしれない。

「だがいけねえ……。おれにはわかるんだ。新兵衛が心の底ではお咲を何とかしてやらねばならない、そう思っていることをな。あの二人には何とか一緒になってもらいてえ」

「へい、そいつは周りの皆が願っていることでございますよ」

「新兵衛がのろまだからいけねえんだが、少しずつだが、心を通わせ合っているって時に、あの月下老人のとんちきめ……」

「邪魔なおやじでございますよ」

「奴さえ、手を引けばなあ……」

「ちょいと手荒なことをしますかい。こんなこともあろうかと、おもしれえ話を仕入れておりやしてね……」

又平がニヤリと笑った。

八

扉のない吹抜門《ふきぬけもん》に続く塀《へい》は竹垣になっている。

そこから入ると、ちょっとした庭の向こうに藁屋根《わらやね》の小さな家屋がある。

本所天神橋《てんじんばし》から柳《やなぎ》島《しま》村へとさしかかったところにあるこの家は、かつては文人墨客《ぶんじんぼっかく》が住んでいたかと思わせる風雅な造りである。

今しも吹抜門の向こうに町駕籠《まちかご》が入っていった。ゆえに、誰がこの家にやってきたのかは竹垣に隠れてわからぬが、駕籠屋が客を降ろして家を出た直後に、家の中から三十前のふくよかな女が出てきた。

ところどころ、白粉《おしろい》焼けが見られるその女はおせきといって、いかにもそれ者《しゃ》あがりの〝ぼっとり者〟である。駕籠を降りた男を迎えに出たのだが、

「お前さん、毎度毎度、駕籠を乗り替えて、ここまでくるとはご苦労なことですねえ」

少し鼻を鳴らした声で、まず呆《あき》れ顔をした。

「念には念を入れないとね……」

「おかみさんが余ほど恐いんだ……」

「いや、恐いのは世間の目だよ。月下老人、月下氷人、縁結びの神と人に呼ばれるわたしが、まさか仲人で得た金で女を囲っている……とは言えぬだろう」

「ふん、夫婦ばかりが男と女の縁じゃあなし」

「まあ、そういうことだが、表向きにはねえ」

だらしなく笑って女の肉付《ししつ》きのよい腰に手を伸ばすのは、あの平川森右衛門であった。

彼がここに何をしに来ているのかは、言わずもがなのことであろう。

他人の縁を結ぶばかりではなく、森右衛門は、自分の縁も谷中《やなか》の水茶屋から引き寄せていたのである。

しかし日頃は男女の縁や、夫婦のあり方などを人に説いているだけに、これはどうしても内緒にしておきたい。それゆえ森右衛門は駕籠でそのまま竹垣の陰に乗りつけられるこの庵風《いおりふう》の家におせきを囲い、家を出てからここへ来るまでには駕籠を一度乗り替えてくるという用心深さであった。

このところは田辺屋と廣野屋との縁組みに忙しく、なかなかおせきのところへは通えていなかったのだが、森右衛門は十日に一度はその華奢《きやしや》な体を、おせきの胸から腰にかけてのふくよかな体の上に滑《すべ》らせ遊泳しないといても立ってもいられないのだ。

それから何とか一刻《いつとき》（約二時間）の間を妾宅《しようたく》で過ごした森右衛門は、やがておせきにまた吹抜門の中へと駕籠を呼んでくるよう言いつけ、すっきりとした様子で庭へと出た。

そして、何くわぬ顔で来た駕籠に乗ろうとした刹那、いつしか庭に一人の武士が、町の男一人を従えて立っていた。

「な、何です。人の家の庭に勝手に入り込んで、人を呼びますぞ……」

森右衛門は気色ばんだが、そこが妾宅であるゆえに、どうも歯切れが悪かった。

武士は小腰を屈め、実に丁重《ていちよう》に、

「これは御無礼をいたす。が、平川殿にちと火急のお願いがござりましてな」

森右衛門をその姓で呼んだ。

「そ、そこ許はいったい……」

森右衛門は武士が自分を知っていることに狼狽《ろうばい》した。

「某《それがし》は秋月栄三郎と申して、お咲の剣の師でござる」

武士は秋月栄三郎、町の男は又平であった。

てお

「あ、あ……」

さらに狼狽する森右衛門に、

「話はすぐに済みまする。おせき殿は家の内へ、駕籠の兄さん方は庭の外で待っていておくれ……」

栄三郎は笑顔で語りかけ、又平が駕籠屋二人に心付を渡した。

三人だけになると栄三郎は、

「いやいや、医者で仲人の平川森右衛門先生が、このような洒落《しゃれ》た抱屋敷《かかえやしき》を持っておられるとは驚きましたよ。こういうくだけた御仁《ごじん》ならきっと話もしやすいであろうと、安堵《あんど》いたした次第にて……」

ますます親しげに、そして目の奥には鋭い光を湛《たた》えながら、しばし森右衛門を拝《おが》むようにして頼み事をした。

取次屋は男女を夫婦として結び付ける仲人よりも難しい稼業である。万事丸く収めるためには時に方便も使う。そして力尽くでかかる時もあるのだ。

話はすぐに終った。

その翌日。月下老人・平川森右衛門は、廣野屋、田辺屋両家を訪ね、仲太郎とお咲の縁談から手を引かせていただきたいと申し出た。

その理由は、このところ医者の不養生《ふようじょう》で体の具合が思わしくないことに加え、お咲の剣術修行は、商家のお嬢様の物好きの域を遙《はる》かに超えて、実に素晴らしいものである。

その稽古ぶりを見るに、これをなげうって嫁に行くようにとは到底言えない。お咲がひとつの境地に達するまでは見守りたい。だが、それは何年後になるかはわからないわけであるから、そろそろ嫁取りが望まれる仲太郎にとっては良縁とは言えなくなった、というものであった。

こう言われると万右衛門は、

「わたしもお咲さんの腕のほどをこの目で見ましたが、生半《なまなか》な気持ちで身につくものではないのでしょうな。森右衛門さんがそうお思いなら、これは縁がなかったものと諦めたがようございましょう」

仲太郎にこう言って、森右衛門には、貴方《あなた》の他に人を立てるつもりはないと伝えたのである。

「これは畏れ入ります……」

宗右衛門はほっと胸を撫《な》で下ろしつつ、自ら廣野屋に出向いて、娘の不調法を詫びた。そして、自分もまた物好きと言われようが、女だてらにと言われようが、お咲に納得がいくまで剣術の修行をさせてやりたいのだと気持ちを吐露して、万右衛門、仲太郎父子を恐縮させた。

一人だけ――、いったい何ゆえに森右衛門はいきなり引き上げるのだと、納得がいかない松太郎であったが、森右衛門がその本当の理由を言えるわけもなく、

――あんな藪《やぶ》医者を頼るのではなかった。

ただむくれるばかりであったという。

お咲はというと、森右衛門が撤退を宣言した数日後に手習い道場を訪ねてきて、

「この度はありがとうございました。これでまた存分に剣術修行に励めそうです……」

と、栄三郎に深々と頭を下げた。

「いやいや、今度のことは又平がよくやってくれたお蔭《かげ》だよ。おれにしてみれば、お咲にはずっと新兵衛のことを好いてやってもらいたいと思ったが、考えてみれば、あの唐変木《とうへんぼく》の朴念仁《ぼくねんじん》にいつまでもお前を付き合わせてよいものかどうか……。今となればどうもすっきりとしない」

栄三郎はお咲と宗右衛門の意志を尊重しつつも、そこに自分の想いを込めて強引に事を運んだのがよかったのか悪かったのかと、少し決まり悪そうに応えた。

「仲太郎殿が、なかなか好い男であっただけに気の毒なことをした。まだ諦めがついておらぬのではないかな……」

「いえ、そのことについては、仲太郎さんもわたしの気持ちをよくわかってくださいましたからもう好いのです」

「仲太郎殿と会ったのか……」

「はい、剣術の稽古帰りのわたしを待ち受けて声をかけてくださったのです」

「ほう、そうだったのか……」

「はい。このような無礼な真似はしたくなかったのだけれど、話しておきたいことがあってね……。そう仰いまして」

　見合を望んだのは、その折にかねてから気になっていたことを話せると思ったゆえのことで、それが潰れてしまった今、こんな風に待ち伏せるしかなかった――。仲太郎はそう告げてはにかんだという。

「どこまでも生真面目な男だな。それで、話しておきたいこととは……」

「それが……、今年になってから、早く嫁をもらえと周りから言われはじめて、ふと思い出したそうなのです。小さい頃にわたしが……、大きくなったら、仲太郎さんのお嫁さんになる……。そう言っていたことを」

「ほう……、そんなことがあったのだな……」

「わたしはまったく覚えていないのですが……」

「仕方がないさ。仲太郎殿はお咲より四つほど歳が上なんだろう。子供の時の四つは大きい。あっちは覚えていても、こちらの方はそりゃあ忘れてしまうだろう」

「はい。仲太郎さんもそう仰いました。まさか覚えているはずはないだろうが、と」

「それでお咲は何と応えた」

「仲太郎さんが、いつまでたってもわたしを嫁に望んでくださらないから、他のお方に想いを寄せてしまいました、と」

「ふふふ……、そうか、忘れてしまったとは言わなかったのだな。すると仲太郎殿は何と……」

「忘れてしまっていて、すまなかった。想う人がいるというのに、騒がせてしまったね……」

仲太郎はそう言ってお咲に詫びたという。

そして、お咲の剣術修行の成果を、並大抵の苦労ではなかったはずだと称えた。

実は仲太郎――今年に入って、幼い頃のお咲の言葉を思い出すや、今頃お咲はどうしているのであろうかと人伝《ひとづて》に噂を仕入れ、そっと岸裏道場で稽古に励むお咲を、稽古場の武者窓の外から窺い見ていたのだという。

「なるほど、破落戸退治を傍で見て、気圧《けお》されはしたものの、お咲の強さは知っていたというわけか……」

栄三郎は、それで仲太郎が、また次の見合の段取りをしてくれと森右衛門に言ったのかと納得した。

最後は脅しつけて手を引かせた森右衛門であったが、お咲のことが気になる仲太郎に、田辺屋との縁談を持ち込んだわけであるから、仲人としての嗅覚《きゅうかく》は大したものであると、栄三郎は今さらながら感心した。

岸裏道場での、凜《りん》として美しく快活なお咲の姿は、幼い頃そのままで、仲太郎の胸の内を熱くさせたが、それから先はどうして会う機会を作ればよいかわからなかった。

そんな時に、縁結びの神様と言われる平川森右衛門が店を訪ねてきて、お咲を勧めたのである。仲太郎の心が動かぬはずはなかったのだ。

「剣術に入れ込むあまり、もしも行き遅れてしまっていたなら、わたしがいるよと、一言言っておきたかったのさ。はッ、はッ、まったく余計なお世話だったが、これですっきりとしましたよ」

かつてお咲が〝お嫁さんになる〟と言った仲太郎は、こうして笑顔を残して去っていった。

「そうか、すっきりとしたか……」

「はい……」

「お咲もすっきりとしたかい」

「はい……」

お咲は笑顔で応えたが、

「だが、どこかほろ苦いなあ……」

栄三郎の嘆息《たんそく》に、お咲も切ない表情を浮かべた。

今年になってからお咲のことを思い出したと仲太郎は言ったそうだが、そうではあるまい。きっと仲太郎は少年から大人になるまでの間、子供が時折宝の箱を覗き見るように、

「お嫁さんになる……」

というお咲の言葉の輝きを胸に抱き続けていたのであろう。

廣野屋の跡継ぎとしての精進《しょうじん》が覆《おお》いとなって、その宝の箱を開けるのが今頃となってしまったに違いない。

不器用で朴訥《ぼくとつ》であるが、真に好い男ではないか。

「きっと、申し分のない夫になるのだろうな」

「はい、憎らしいくらいに……」

「だがお咲……。お前も、そのうちに、好いた男の妻になるさ」

「そうでしょうか……」

「ああ、きっと……。おれが加勢するんだ。必ず城は落ちる」

「落ちますか……」

「ああ、お前が今まで通りのお咲であればな」

「今まで通り……？」

「そんじょそこいらの箱入り娘とは訳が違う、強くて後は見ねえ跳ね返りのお咲でいろ」

「はい！」

お咲の表情はたちまちのうちに、さんさんと照りつける陽光を浴《あ》びて咲く花のごとく艶《つや》やかなものとなった。

ほろ苦い感傷を楽しみ、それを活力にする若さが、今のお咲にはある。

# 九

「新兵衛、お前には伝えたとて仕方がない、黙っていようと思ったが、それも口惜しい気がするゆえ言っておくぞ……」

その夜、秋月栄三郎は松田新兵衛を誘って、居酒屋〝そめじ〟でしたたかに酔った。

この度のお咲を巡る騒動を、やはり新兵衛には伝えてやろうと思ったのだが、この筋金入りの朴念仁の胸にこたえるように伝えるにはどう話せば好いか――。あれこれ考えるうちに酔っ払ってきたのであった。

「おい、いったい何のことだ。酔った勢いで話すなど、おぬしにしては珍しい……」

「酒の力を借りて伝える……。それだけおれもお前に気を遣っているってことだ……」

女将のお染はというと、板場の前の床几《しょうぎ》に腰をかけて見ぬ振りを決めこんでいる。

剣友二人のいかにも男くさい話には関わりたくはないというのがお染の信条である。どうせ割って入ったところで、たちまち弾《はじ》き出されてしまうのがよいところなのだ。

「気遣いはいらぬ。はっきりと言え」

新兵衛は相変わらず隙《すき》がない。

「お咲の話だ……」

「だろうな……」

「ほう、朴念仁のお前でもわかるか。大したものだな」

「いちいち絡むな……。心のおもむくままに剣を鍛え、毎日のようにお咲の剣を見てやってくれたらそれで好い……。おぬしはそう言ったでないか」

「ああ、確かに言った」

「おれはその通りにしているつもりだ」

「それがそうもいかなくなったんだよ……」

「何故だ……」

「お咲に縁談が持ち上がったんだよ……」

栄三郎は睨《にら》むように新兵衛を見た。

「左様か……」

新兵衛の表情は変わらないが、無二の友である栄三郎は、彼の目の奥に浮かんだ一瞬の動揺を見逃さない。このところ、お咲がふと打ち沈んだ表情を浮かべていた原因を新兵衛は今悟ったのだ。

「ふん、何が左様か、だ。お前が何もしてやらぬから、お咲を何とかしてやろうという者が出てくるんだよ……」

「だろうな……」

新兵衛は素《そ》っ気《け》なく応えた。

「ふッ、ふッ、まあ、お前の返事はそんなもんだろうよ」

栄三郎は新兵衛を睨む目に力を込めた。

「ならば、どういう返事がよいのだ」

「お咲はその縁談に乗ったのか！　それくらい慌てて訊いてみろってんだ」

新兵衛は、彼もまたじろりと栄三郎を見て、しばし沈黙の後、

「で、どうだったのだ……」

「長いよ。返事の間が長い」

「慌てて訊ねるとでも思ったか」

「そうだな、それがお前だったな」

「だから、その縁談はどうなったのだ！」

「都合が悪いからって怒るんじゃあないよ。お咲には惚れた男がいるだろう」

「惚れた男が……」

「お前だよ」

「う〜む……」

「何を唸ってやがるんだ。随分前からお前もご存じのように、お咲はおれの友達の松田新兵衛に惚れているんだよ。だから、宗右衛門殿に頼まれて、その縁談はおれが潰したよ」

栄三郎はそう言うと、汁椀《しるわん》の蓋《ふた》に注《つ》いだ酒をぐっと飲み干した。

「左様か……」

新兵衛はゆったりと盃《さかずき》の酒を飲んだ。

どこまでも平静を装うつもりなのであろうが、栄三郎にはそれが癪《しやく》に障る。

いつしか剣客二人の熱の籠った会話に気圧された他の客は、店からいなくなった。

——迷惑な話だよ。

お染は黙って、煙管《キセル》で煙草《たばこ》をくゆらせた。

それでも、この二人のやり取りほど、傍《はた》で聞いていてほのぼのとするものはない。

「ちぇッ、新兵衛、もっと嬉しそうな顔をしろよ」

栄三郎はさらに突っかかる。

「嬉しがる……。おれは、おれはそんなことができた義理ではない」

「なるほど、そうかもしれぬな。ああ、あの縁談を潰すんじゃなかったよ」

「相手は好い男だったのか」

「ああ、少なくともお前のような唐変木でも、朴念仁でもなく、何といってもお咲に恋をしていた」

「左様か……」

「ほらまた、左様か……だ。新兵衛、お咲のことでお前は何も間違ったことはしていない。お咲の方で勝手にお前を好きになったんだ。剣に命をかける松田新兵衛としては、甚だ迷惑なことかもしれぬ。あんなに器量の好い娘に惚れられたというのに、日々の暮らしをまるで変えぬお前は大したもんだ。だがなあ、お前は間違っている」

「間違っているか……」

「ああ、間違ってはいないが、間違っている」

「何だそれは……」

「そこを知るのが一人前の男じゃないか」

「どうせおれはまだ修行の身だよ」

「うるさいぞ、このわからず屋め、お前は何かというと修行の身だ……。これで逃げる」

「おれは逃げてなどおらぬ」

「いや、逃げてはいないが、逃げているんだ」

「酔っ払いの言うことはよくわからぬ」

「わからぬ振りをするな。お前はおれが何を言いたいかわかっているはずだ。いいか、お咲に縁談が持ち上がったんだぞ。お前は何とも思わぬのか。だいたいお前という男はだなあ……」

この夜、栄三郎は新兵衛に絡み続けた。酔い潰れて眠ってしまうまで――。

新兵衛はこれを黙って聞いた。

お染は呆れ顔で新兵衛の顔を時折ちらりと見たが、秋の夜長、仁王《におう》のごとき新兵衛が友を見る目は絶えず笑っていたのである。

# 第三話　合縁奇縁《あいえんきえん》

一

陣馬七郎《じんましちろう》がその浪人を見かけたのは、秋雨がしとしとと降る夜のことであった。

その日彼は、書院番頭・仙石大和守《せんごくやまとのかみ》の屋敷で出稽古《でげいこ》を務《つと》めた。

気楽流・岸裏伝兵衛門下の俊英であった七郎は、今、持筒頭《もちづつがしら》・椎名右京《しいなうきょう》に剣術指南として仕《つか》えている。

その武名が大和守の耳に届き、

「一度、我が屋敷へ出稽古に来てはもらえませぬかな」

と、右京に要請があったのだが、武官としては自分より格上の仙石家が、椎名家の剣術指南に出稽古を願ったのである。

右京は大いに面目《めんもく》を施《ほどこ》し、上機嫌で七郎を送り出した。

その際、仙石家で酒などのもてなしを受けたら、門限を気にすることなく心尽くしに甘えれば好《よ》いと七郎に伝えた。

それゆえに、稽古を終えてから仙石家で酒食を振る舞われた折《おり》も、七郎はこれを遠慮なく受け屋敷を辞《じ》した時は夜になっていた。

仙石家の屋敷は木挽町《こびきちょう》にある。そこから、剣友・秋月栄三郎が拠《よ》る〝手習《てなら》い道場〟はほど近い。

栄三郎からは、一度話したいことがあるので、暇《ひま》が出来れば寄ってもらいたいとの文《ふみ》がきていた。

――どうせ遅くなったついでだ。

立ち寄っていこうとそれへ向かい、芝居町《しばいまち》の繁華な通りを過ぎたところで、酒に酔《よ》った無頼《ぶらい》浪人共が、一人の浪人を取り囲んでいる様子に出くわした。どうやら盛り場のすれ違いに口論になったと見える。

無頼浪人共は四人。いずれも腕自慢のようで、一様に体つきも好く、長めの刀を差している。

これに対して、囲まれている浪人は見るからに異様である。

髪は総髪《そうはつ》にして後ろへ垂《た》らし、人のものとは思えないほどに鋭い両眼の間には、くっきりとした刀傷が刻《きざ》まれている。そして、よく目を凝《こ》らして見ると、時折《ときおり》風に吹かれてなびく髪の下から覗《のぞ》く右の耳の先端は切れて欠けていた。

陣馬七郎は剣を相当修《おさ》め、諸国を巡《めぐ》っている頃は、真剣での立合を何度かこなしている武士である。

遠目に見ても、向こう傷の浪人から発せられる恐ろしい剣気がわかる。それは七郎でさえ怖気《おぞけ》を覚《おぼ》えるほどのものであった。

――これは大事にならねばよいが。

七郎はそう思いながらも、主《あるじ》のある身であるゆえに傍観《ぼうかん》をした。

どう見ても善良なる町の男女が、絡《から》まれているわけでもない。放っておけばよいことだ。

むしろ心配してやるべきは無頼の四人の方であるが、これは身から出た錆《さび》というものだ。

「おい……、汝《うぬ》は今我らを鼻で笑ったな……」

「その度胸だけは買ってやるが、ただで済むと思うたか」

「随分《ずいぶん》と腕に覚えがあるようだな」

「何なら我らの仲間に加えてやってもよいぞ」

それでも、酒に酔い、屈強な士が四人揃《そろ》えば、最早《もはや》怖いものはないのであろう。無頼の四人は、口々に言いたてた。

「ふッ、ふッ、ふッ……」

向こう傷の浪人は不気味に笑った。

「鼻で笑ったは、あまりに汝らが弱そうだからだ。それなのに、仲間にしてやっても好いとは笑止《しようし》な……」

「何だと……」

無頼の四人は気色《けしき》ばんで身構えた。

しかしその刹那《せつな》――。

四人は、声を失いその場にのたうった。

向こう傷の浪人が、腰の刀で抜く手も見せず四人を倒したのである。

「案ずるな、峰打ちだ……。斬《き》れば後が面倒ゆえ生かしてやる。命あることを天に謝すがよい」

向こう傷の浪人は、地獄の鬼が発するような、物哀《ものがな》しく低い声で言い置くと、闇《やみ》の中に消えていった。

陣馬七郎は、呆気《あつけ》にとられて、しばらくその浪人が去っていった方を見ていたが、

――見かけよりも尚《なお》、恐ろしい奴だ。

電光石火《でんこうせつか》、その場の殺気も剣気も一息に呑《の》み込んだ浪人の早業《はやわざ》に舌を巻いた。

そして、この興奮を一刻も早く誰かに話したくなって、手習い道場のある水谷町へと急いだのである。

「ほう、陣馬七郎ほどの者が舌を巻く遣い手か……」

訪《たず》ねてくるや、件《くだん》の激闘を語った七郎の前で、秋月栄三郎は嘆息《たんそく》した。

「頭は総髪、眉間《みけん》に向こう傷、右の耳の上が欠けている……。様子を聞いただけで薄気味が悪い。そんな男がこの界隈《かいわい》にいると思うと、夜出かけるのはほどほどにせぬとな……」

それほどに、今宵《こよい》の陣馬七郎の話には迫力があり興味深かった。

浪人は、抜刀《ばっとう》するや勢いよく前に出て、前方の二人の胴に刀の峰を打ち込み、さらに前へ出てから振り向き様に打ちかかってくる背後の二人の刀を撥《は》ねとばし、それぞれ面と脇腹《わきばら》に手練《てだれ》の一刀をくれた。

間合の切り方も、打突の確かさもこれ以上のものはないというほどの手並で、

「おれが見た剣術使いの中では、あれほどできる者はおらぬ」

日頃は冷静な七郎が興奮気味に語ったのであるから、余《よ》ほどの者といえる。

しかし、その変幻自在の刀法が栄三郎の自慢でもあった陣馬七郎が、得体《えたい》の知れぬ浪人者の剣に戦《おのの》く姿は、友としておもしろいものではない。

「ふッ、だといって、そんなやくざ者の四人や五人、お前だってあっという間に片付

けてしまえるだろう」

「それはそうだが……」

「七郎は人が好いから他人の強さを認めようとするが、そんな奴のことは放っておけば好《い》いんだよ」

栄三郎は笑いとばして話題を変えた。

そもそも陣馬七郎には話したいことがあったのだ。

七郎もそれに気付いて、

「おお、いきなり余計な話をしてしまった。おれに会って話したいことがあると言っていたが、何かあったのか」

と、栄三郎に問うた。

「いや、新兵衛のことを七郎と話してみたかったのだ……」

「新兵衛のこと……。あの男については、何も心配はいらぬであろう」

岸裏伝兵衛門下にあって、秋月栄三郎、松田新兵衛、陣馬七郎は歳《とし》も同じで入門したのも同じ頃なので、特に仲が好く親交が続いていた。それゆえ七郎は、頑固《がんこ》に身を律し、ひたすら剣の道を歩む、新兵衛という男をよくわかっている。

新兵衛からは、剣術から背を向けて怪しげな暮らしを送っている栄三郎を、七郎からも意見してやってくれと言われたことは多々あったが、栄三郎から新兵衛について相談されるのは珍しい。

「お咲とのことさ……」

「おお、田辺屋の娘か。今は岸裏先生の許《もと》で随分と腕を上げたそうだが、そうか、新兵衛もいよいよお咲を娶《めと》るつもりになったか」

「あべこべだよ。いつまでたってもその気配がないので、ちょっとした騒ぎが起こったのだ」

栄三郎は、お咲を巡っての田辺屋父子《おやこ》の衝突、その最中に起きたお咲と渡《わた》り別式《べっしき》女《め》・黒木棉江との決闘、そこから持ち上がった廣野屋仲太郎との縁談など、よく回る舌で一気に語った。

「左様《さよう》か、それは大変だったな……」

向こう傷の浪人の殺伐《さつばつ》とした話の後だけに、七郎から緊張が一気に解けた。

「まったく迷惑な唐変木《とうへんぼく》だ……」

栄三郎も笑った。

とはいえ、今も田辺屋父子の確執は続いていると、栄三郎はお咲とこんにゃく三兄弟から聞いていた。

仲人《なこうど》の平川森右衛門が手を引いたとて、廣野屋仲太郎との縁談はそのまま進めればよかったのではないかと、松太郎が苦言を呈《てい》して、

「お前が出しゃばることではない」

と、宗右衛門に撥ねつけられ、またも不満を募らせているというのだ。

「まず、笑っている場合ではないのだが……」

栄三郎は、七郎からも一言あの堅物《かたぶつ》に、もういい加減にお咲の軍門に降《くだ》れと言ってやってもらいたい、そう頼みたかったのだと打ち明けた。

剣の道一筋に生きているのは七郎も同じである。椎名家に仕えてはいるものの、七郎は剣客《けんかく》として生き己《おの》が道場を開くことも許されている。

そして、七郎にはお豊《とよ》という妻もいる。

悲しい生《お》い立《た》ちの末に、上州《じょうしゅう》のやくざ者の情婦になったお豊と旅先で恋に落ち、命をかけた道行《みちゆき》を経《へ》て一緒になったのである。

妻帯することが剣の道の妨《さまた》げになるなど、思い違いもはなはだしい――。

栄三郎は、七郎だからこそ言える夫婦の好さを、新兵衛にぶつけてもらいたいと思っていたのだ。

「ふふふ……。栄三郎の気持ちはよくわかる。だが、新兵衛には新兵衛の考え方があ

って、そうたやすく変改《へんがい》することはあるまい。その頑固さが奴を鍛《きた》えてきたのだからな」

七郎は新兵衛に思いを馳《は》せて、ほのぼのとした口調で言った。

「まあ、それはわかっているのだが……」

愚直なまでに稽古に打ち込んで、ある境地に達すれば、寺の鐘《かね》さえも二つに斬れると信じていた……。そんなあの日の松田新兵衛が思い出されて、栄三郎の胸も熱くなってきた。

七郎に酒の給仕をしていた又平は、剣友二人が心を通わせる様子を見て、今二人が向かい合う手習い道場の居間から座を外《はず》した。ここに自分の出る幕はないと思ったのである。

「まあ、折を見て新兵衛にはおれからもその由《よし》を伝えておこう。奴は色恋には奥手なのだ。もう少し様子を見てやろうではないか」

「ふッ、ふッ、奥手か……。もうすぐ四十になろうかという男が困ったものだな」

栄三郎は、かえって七郎に宥《なだ》められ、何度も頷《うなず》いてみせた。

屋敷へ戻る途中のことである。それから陣馬七郎は、改めて非番の折にでもゆるりと話そうと再会を誓い、手習い道場を出て帰っていった。

又平と二人になると、先ほど七郎が言っていた〝向こう傷の浪人〟のことが思い出されて、

「おもしれえ話だったのに、もうちょっとしっかり聞いておけばよかったな……」

陣馬七郎ほどの剣客が戦慄《せんりつ》を覚えたというのであるから、尚さらであった。

「まあ、それでも好いか……」

先日、居酒屋〝そめじ〟で酒に酔って絡んでから、ちょっと決まりが悪く、新兵衛とは言葉を交《か》わしていなかった。

七郎から聞いた話に適当に自分で味付けをして、これを新兵衛と話すきっかけにすればよいのだ――。

栄三郎は、堅物で唐変木の朴念仁《ぼくねんじん》と散々に言いたてた友と無性に会いたくなった。

「又平、もうちょっとばかり、ぬるめにつけたのをもらおうか……」

栄三郎は又平に酒の燗《かん》を頼むと、外の雨音に耳を傾けた。

「なかなかやまねえな……」

傘《かさ》を片手に帰路についているであろう陣馬七郎を気遣《きづか》いながら、栄三郎はその夜深酒をした。

二

それから三日が過ぎて、降ったり止《や》んだりを繰《く》り返していた秋雨がからりとあがった。

陣馬七郎と会ったことで、剣客としての血が騒ぎ、秋月栄三郎は久し振りに岸裏道場で稽古に汗を流した。

この日もお咲は稽古に来ていた。

痛《いた》めていた左腕もすっかりと腫《は》れがひいて、好くなっていたので、防具を着けて稽古をつけてやった。

「また一段と強くなったな。うかうかするとおれもたちまち負かされてしまう……」

稽古が終ると、栄三郎はそう言ってお咲に頰笑《ほほえ》んだものだが、

「何の、栄三郎、おぬしの腕は衰《おとろ》えてはおらぬ。その辺りの剣術道場の師範なら、今でも易々《やすやす》と務まろう……」

それを見ていた松田新兵衛が真顔で言った。

栄三郎の弟子であるお咲の前であるから、

「おぬしが稽古に来るなど、どういう風の吹き回しだ……」

などとは一切《いっさい》言わない。

それが新兵衛の剣友に対する礼儀である。

栄三郎も悪い気はしない。

「いや、先《せん》だっての夜陣馬七郎が、うちのすぐ傍《そば》を通りかかったので、少しばかり立ち寄ってくれてな」

「ほう、七郎が。達者にしていたか」

「ああ、今はあいつが我らの中では一番まともだ……」

「うむ、確かにそうだな……」

新兵衛は神妙な顔で頷いた。

一時は妻となったお豊との恋路がままならず、酒浸《さけびた》りの日を送った七郎であった。

それが今はお豊を妻とし、旗本家からの仕官の誘いも謹《つつし》んで受け、充実した暮らしぶりなのだ。

そういう意味では、栄三郎はもちろん、新兵衛よりも武士としては正当な生き方をしていると言えよう。

――お前も七郎のように妻を娶らぬか。

しか弱くなった。

栄三郎の言葉にはこんな意味も含まれているように思われて、新兵衛の語気も心な

先日は、女の想いに応《こた》えられない己が性分を、居酒屋〝そめじ〟で随分と詰《なじ》られた。

栄三郎に対して終始平然としていた新兵衛ではあるが、内心は気になっているのである。

栄三郎は、

――わかっているならよいのだ。

とばかりに、お咲が帰ると新兵衛の肩をぽんと叩《たた》いて、

「先だってはつい酔っていらぬことを言った。まあ、勘弁《かんべん》してくれ」

ぺこりと頭を下げた。

そこは長年の友である。

栄三郎の想いは痛いほどわかる。

「七郎の様子を聞かせてくれ……」

新兵衛は七郎の話にかこつけて、栄三郎を稽古場の奥の一間《ひとま》に請《しよう》じ入れた。

この岸裏道場は、栄三郎、新兵衛、七郎がかつて通った本所番場町にあったそれ

と、寸分違《すんぶんたが》わず建てられている。

奥の一間は、よく岸裏伝兵衛が客を招いて剣術談議に及んだ部屋であった。

床の間に掛けられた軸《じく》にも、〝究竟参徹《くきょうさんてつ》〟という言葉が大書《たいしょ》されている。

ものごとの究極に達する。己と真《まこと》をどこまでも究《きわ》める――この四字にはそんな意味が含まれている。

正《まさ》しく師・岸裏伝兵衛の好きな言葉であるが、こうして見ると、来客に茶菓を運んだ内弟子の頃が懐《なつ》かしい。

栄三郎はここであれこれ話して、先日の新兵衛への詰問《きつもん》の棘《とげ》を取り払おうとした。

そこで七郎が見たという、向こう傷の浪人の話を持ち出したのだが、一通り話し終えて、

「恐ろしい奴がこの界隈にいたというのは、何やら気持ちの悪い話だな……」

と、大仰《おおぎょう》に頷いてみせると、

「ほう……」

新兵衛は大きく息をついて、

「その男なら、二日前におれも出会った……」

と、眉間に深い皺《しわ》を寄せたのである。

「何だと……」

栄三郎は、たちまち真顔になって新兵衛を見た。

何やら不吉の前触れのような胸騒ぎを覚えたからである。


その日も小雨が降っていた。

新兵衛は、本所石原町の北方にある旗本・永井勘解由邸への出稽古を終えた帰り道を急いでいた。

永代橋《えいたいばし》を渡り、日本橋川に架かる湊橋《みなとばし》を渡ろうとした時であった。

新兵衛は橋の真ん中に、傘もささずに一人の浪人者が立っているのに気付いた。

異相である。

総髪に向こう傷、時折覗く先端が欠けた右の耳……。

それは正しく、陣馬七郎が見た、あの浪人の特徴《とくちょう》と一致する。

新兵衛が橋へと歩みを進めると、浪人は口許《くちもと》に不気味な笑みを浮かべて、新兵衛をじっと見つめた。

その目から発せられる剣気は尋常《じんじょう》ではない恐ろしいものであった。

とはいえ、剣客として数々の修羅場《しゅらば》を潜《くぐ》り抜けてきている新兵衛である。

常人ならば思わず引き返すであろう橋の上を何事もないように進んだ。

自分に向けられている限り、その視線に己が目を合わせたまま、浪人の真横に至った。

「その時、向こう傷の浪人は何とした」

「ただ、ふッと笑った……」

「そうか……」

先日木挽町で七郎が見たという無頼の浪人のごとく、新兵衛がその笑いを見咎《みとが》めたら、それをきっかけに新兵衛と刀を交《まじ》えようと考えていたのかもしれない。

栄三郎はそのように見た。

だが、怒りっぽい新兵衛であるが、彼も陣馬七郎と同じで、罪無き者が危険にさらされているところに遭遇《そうぐう》しない限りは、これを相手にはしない。

その場は黙って、傍《かたわ》らを通り過ぎたのだという。

「その時、浪人は何か動きを見せたか……」

「いや、恐ろしい殺気が漂《ただよ》ったが、男はちょっと舌打ちをして、おれとは反対の方へと歩いていったよ……」

「さすがは新兵衛だ……」

栄三郎は感じ入った。

「そ奴はきっと、新兵衛の気迫に呑まれて、何もできなかったのに違いない」

「いや、おれの出方を試したのかもしれぬ……」

新兵衛は低い声で言った。

今回、栄三郎が岸裏道場に訪ねた時から続いていた和《なご》やかな風情《ふぜい》が、いつしか緊迫したものになっていた。

「それはどういうことだ。相手はお前を松田新兵衛だと知っていた上で、橋の真ん中で待ち伏せたとでも言うのか」

「それはわからぬが、奴の笑った声が、やっとおれに会えたと言わんばかりのものであったような……」

「覚えはあるのか」

「いや、見たこともない奴だ」

「ふッ、どこかで会っていれば忘れられぬ顔付きだな……」

「だが、思わぬところで恨《うら》みを買うのが剣客の定めだ」

「そうだったな。おれは気楽なもんだ……」

「いずれにせよ、この界隈である木挽町に現れ、湊橋の上で待ち構えていたとすると、奴はおれが目当てなのかもしれぬ」

「う〜む……。とにかく気をつけた方が好いな」

「いつ何時でも、受けて立ってやるさ……」

「まあ、新兵衛のことだ。そのへん抜かりはないと思うが……」

手習い道場に戻ってからも、栄三郎は気分がすぐれなかった。

陣馬七郎と会い、松田新兵衛のことを想い、久し振りに若い頃の気持ちに戻って、岸裏道場で汗を流したというのに――。

どうも、〝向こう傷の浪人〟が心に引っかかって離れない。

あの陣馬七郎が怖気立ったほどの武士である。それが、新兵衛に絡み付いているとすれば、ただ事ではない。

新兵衛のことであるから、油断もないし後れも取るまいとは思う。

――だが、世の中にはどのような者がいるかわからない。

そして、剣を抜いての勝負に必勝はない。

ましてや新兵衛ほどの格同士の真剣勝負になると、一瞬の隙《すき》や不運が命取りになる。

栄三郎とて、名高き剣客である岸裏伝兵衛の許で、十五年の間修行を積んだ男なのだ。

それが生死の狭間《はざま》に身を置く、本物の剣客が日々持ち続ける心得であり、死への覚悟であることくらいはわかる。

しかし人というものは、理屈でわかっていても、年来の剣友がいざそのような危険に向かい合った時は、少々卑怯《ひきよう》のそしりを受けようが、命長らえてもらいたいと思うものだ。

その想いが栄三郎の胸を切《せつ》なくさせる。

――おれは本当に余計なことを言って、新兵衛の心を悩ませた。

考えるうちにつくづくと、居酒屋〝そめじ〟で新兵衛を詰ったことが悔《く》やまれた。

――そうだった。新兵衛は、いつこんな不穏なことに出遭《であ》うかわからぬ男であった。このところの安泰《あんたい》に、おれはすっかりそれを忘れていた。

お咲の想いを知りつつ、お咲を妻に娶ろうという気配が見られない新兵衛――。

それに対して、商人である田辺屋松太郎が、苛立《いらだ》ちを覚えるのは仕方がないだろう。

だが、お咲がいくら新兵衛を慕《した》おうが、新兵衛がどっぷりと浸《つか》っている剣客としての宿命までも変えることは出来ないのである。

どんな時にでも、明日の死に平然としていられるようにするためには、妻など必要ではない。ただ後ろ髪を引かれる存在でしかない。

新兵衛は、お咲がかわいいゆえに、尚のことそう思っているのだ。

お咲への想いが大きくなればなるほど、剣客の妻としての覚悟を彼女に強《し》いることが出来なくなっているのである。

松田新兵衛の親友として、それはわかりきったことであるのだから、今はまだ新兵衛とお咲の恋の行方をそっと見守りながら、それが実るよう、育《はぐく》む間を作ってやるのが、自分の務めであろう。

栄三郎は改めてそう思ったのだ。

――まず、おれの取越し苦労であってくれればよいのだが。

しかし、件の向こう傷の浪人が、やはり松田新兵衛に敵意を抱き、害をなさんとしていることが、それからすぐに明らかとなった。

岸裏道場の門人が、浪人に挑発を受け争いとなり、大怪我《おおけが》を負わされたのである。

三

大怪我を負ったのは、上本紀八郎《かみもときはちろう》という旗本の息子であった。歳は二十。

父・与右衛門《よえもん》は大番士《おおばんし》で二百石《こく》取り。

旗本・永井勘解由の遠縁にあたることから、かつて永井家で剣術指南を務めていた岸裏伝兵衛の道場に入門した。

永井家には現在、岸裏道場師範代の松田新兵衛が請《こ》われて出稽古を務めている。与右衛門はその稽古風景を窺《うかが》い見て、

「この御仁《ごじん》が師範代ならば、是非《ぜひ》に……」

と、紀八郎の入門を決めたのである。

そもそも永井家の勧《すす》めとあれば是非もなかったのだが、紀八郎の気性に問題があった。

剣術の筋は好く、以前通っていた神道無念流《しんとうむねん》の道場でも上達を認められ、行く末を期待されたくらいであった。

それなのに、すぐに稽古に行けなくなったのは、持ち前の短気と驕《おご》りが災《わざわ》いした。上達を誉《ほ》められると調子に乗り、気に入らぬ者がいるとすぐに喧嘩《けんか》に及ぶ紀八郎を見かねて、与右衛門が師範に詫《わ》びて辞《や》めさせたのである。

その紀八郎が、岸裏道場に通うようになってからは、見違えるほど大人になった。松田新兵衛の圧倒的な強さを見せられ、どこまでも己を律する姿に触《ふ》れると、調子に乗る間も、喧嘩をする間もなかったのである。

それゆえに、大怪我を負い、岸裏道場に運びこまれた時は、

「先生、申し訳ございませぬ……。わたくしが未熟でございました……」

泣いて詫びたという。

供の小者の話によると、その日の稽古を終えた紀八郎は、いつものように帰路を辿《たど》り比丘尼橋《びくにばし》にさしかかったところで、件の向こう傷の浪人に声をかけられた。

夕刻となり、行き交う者は皆急ぎ足で通り過ぎる中、浪人は実にゆったりとした声で紀八郎の傍へ寄ってきて、

「ふッ、ふッ……。松田新兵衛ごときに剣を習《なろ》うて何になる……」

低い唸《うな》るような声でそう言った。

「何だと……」

近頃は大人になったという紀八郎であるが、岸裏伝兵衛が留守がちな稽古場において、松田新兵衛は師同然である。それをこんな風にいきなりけなされては黙っていられなかった。

「どこの誰かは知らぬが、口が過ぎようぞ」

元より利かぬ気の若武者である。異様な風貌《ふうぼう》の浪人者に臆《おく》さず睨《にら》みつけた。

「ふッ、ふッ、まあ、今にわかる……」

浪人は嘲笑《ちょうしょう》を発した。

「何がわかると言うのだ」

紀八郎はますます気色ばむ。

「松田新兵衛が、どれほど見かけ倒しであるかがわかると言っているのだ……」

「それを貴様が確かめるとでも言うのか」

「さて……。そのうちにわかる……。剣客気取りの若様にもな……」

紀八郎は二百石取りとはいえ、旗本の子息である。物言いも供を連れた風情もそれなりの風格がある。

浪人はそれを見てとって、からかうように言い置くと背を向けた。

「待て……」

小者が目で宥めたが紀八郎の怒りは収まらなかった。

「どこの田舎兵法者づれかは知らぬが、松田先生の腕を妬《ねた》んでそのようなことをほざくのならば、まず名を名乗れ……」

紀八郎は奮然《ふんぜん》として言い放ったのである。

「おれが松田新兵衛の腕を妬んでいるだと……。はッ、はッ、はッ、これはよい……」

浪人は、まるで紀八郎を子供扱いにして、

「ならばおれの腕を試してみるか……。おれはここに木太刀《きだち》を二振り持っている。その上で名乗ろうではないか」

再びからかうように言った。

「ふん、貴様のような得体の知れぬ者とは、立合わぬ……」

紀八郎は逸《はや》る気持ちを抑え、この時は浪人の挑発に乗らなかったのだが、

「何も真剣勝負をしようと言っているわけでもなし、そう恐がることでもないというに。まず、腰が抜けているのは師範代譲《ゆず》りか……」

浪人はまた嘲笑《あざわら》うように言った。

「おのれ……、言わせておけば図に乗りよって、この身は辛抱《しんぼう》もしようが、松田先生

「それは御無礼をいたした。ならば、この決着は立合にて済まそうではないか」

「望むところだ……」

紀八郎は相手の挑発についに乗ってしまった。

この不気味な浪人からは異様な剣気が漂っているのはわかっていた。だが、彼の若さと、岸裏道場では今一番の力量と称されている自信が、いつしか無鉄砲な戦いを選んでいた。

だが紀八郎にしてみれば、師を辱《はずかし》められてそのまま逃げるわけにはいかなかったのだ。

松田新兵衛は、気が短くて喧嘩っ早い気性を改めたいと言った紀八郎に、

「若い時の喧嘩は、はしかのようなものだ。このおれもおぬしと同じ、気が短くて喧嘩っ早いところがある。時には大いに暴れてやれば好いのだ。だが、喧嘩は自分のためにするのではなく、人のためにするものだ……」

と、言ってくれた。

その言葉がどれほど紀八郎の心を楽にしてくれたことか。

そして今、紀八郎は新兵衛の名誉のためにこ奴と木太刀でやり合うのだ――。

その想いで、紀八郎は浪人の誘いに乗ったのである。

紀八郎は浪人に連れられて、橋の近くの空き地に出た。

「いざ……」

浪人はそう言うと、木太刀を一振り紀八郎に投げ与え、襷《たすき》もかけず袴《はかま》の股立《ももだ》ちもとらず、実に緩慢《かんまん》な動作で己が木太刀を構えた。

「おのれ……」

紀八郎はなかなかの偉丈夫で、筋骨たくましい若者である。

少々の痛手を被《こうむ》っても、この浪人に一撃を与えてやるつもりであった。

浪人は紀八郎より一回り小兵《こひょう》であったのだ。

「えいッ！」

紀八郎は、彼もまた、襷もかけず股立ちもとらず、力押しに打ちかかった。

しかし、紀八郎にはまだ、相手がいかほどの腕を持っているかを瞬時に見分けられるだけの眼力がなかった。

浪人は紀八郎がいかにかかってくるかを読んでいた。

突き出すように打ちかかった木太刀を恐ろしい膂力《りょりょく》と手首の返しで下から撥ね上げ、そのまま胴に一撃を見舞い、返す刀で紀八郎の左の腕の付け根あたりを打った。

目にも留まらぬ早業であった。

いずれの打撃も骨をへし折るほどの強烈なもので、紀八郎はその場に倒れ込んでしばし声も出なかった。

「このおれと尋常に立合ったとは大したものだ。だが、これでわかったはずだ。松田新兵衛などまるで見かけ倒しで、おれの相手にはならぬということをな……」

浪人は薄ら笑いを浮かべると、やっとのことで顔を上げ、気丈にも無念の表情で睨みつける紀八郎に、

「おれの名は、及川門十郎《おいかわもんじゆうろう》だ……」

その名を告げて立ち去ったのだ。

紀八郎の供の小者は、何ということだと取り乱しつつも、近くを通りかかった駕籠《かご》に酒手《さかて》を渡し、まず岸裏道場に報《しら》せに走ってもらった。

この状態で、紀八郎を駕籠に乗せて好いかどうかわからなかったからだ。

紀八郎は、何とか上体を起こしたが、激痛に歩くことも出来なかったという。

幸いにも岸裏道場には新兵衛と三人の門弟がいて、駕籠屋から報せを受けるや、比丘尼橋へと駆けつけたのであったが、小者はただおろおろとして泣くばかりであった。

この一件は、岸裏道場の門人が起こしたことだけに、松田新兵衛はすぐに秋月栄三郎に報せた。

栄三郎は一報を受けるや、岸裏道場へと駆けつけた。

今しも、紀八郎の屋敷から訪れた上本家の家人が一人帰るところであった。

この日、上本与右衛門はちょうど非番で屋敷にいた。

新兵衛は稽古場奥の、日頃は岸裏伝兵衛が居間として使っている部屋に紀八郎を寝かせ、道場からはほど近い、町医者・土屋弘庵《つちやこうあん》の許に門人を走らせた。

弘庵は、かつて岸裏伝兵衛に剣術を学んでいたことがあり、今年になって再建された岸裏道場の掛《かか》り付《つ》けとなっていた。

「命を落とさなんだは、紀八郎殿の剣の筋が好かったからじゃな。しかし、しばらくは稽古はできぬ。動けるようになるまでは、ここで養生《ようじょう》をした方がよい」

弘庵はそう言って紀八郎を励《はげ》ましたが、新兵衛には、

「下手《へた》をすると、まともに剣術ができぬ体になるやもしれぬな……」

と、耳打ちした。

新兵衛はそれを聞くや、門人達に紀八郎を任《まか》せて番町《ばんちょう》にある上本屋敷へと単身走

った。

与右衛門は、新兵衛の来訪に驚いたが、

「及川門十郎なる者には、まったく覚えはございませぬが、某《それがし》を恨んだ者であったとすれば真に申し訳ないことをいたしました……」

一部始終を伝えた後、無念の表情で詫びる新兵衛の姿勢に深く感じ入った。

「いや、武門の道に生きる身に、安寧《あんねい》というものがあるはずはござらぬ。この度《たび》の紀八郎の一件は、倅《せがれ》めが武士の意地をかけての仕儀《しぎ》にござれば、この与右衛門には何も含むところはござらぬ。かえって迷惑をかけた由、真に忝《かたじけな》し……」

そして与右衛門は新兵衛に謝し、家士を数名同道させ、すべては医師の言うように取りはからってやってはもらえぬかと、親心を見せたのである。

栄三郎は、がらんとした稽古場の見所《けんじょ》で話を聞いて、

「上本紀八郎のお父上は、立派なお人なのだな……」

心を打たれた。

大番士を務める上本家は武官である。紀八郎はその世継《よつ》ぎであるから、将軍家のためにいつでも刀槍《とうそう》を揮《ふる》える身であることが求められる。

それが、下手をするとまともに剣術の稽古が出来ぬ体になるかもしれぬと医者から

言われているのだ。

取り乱したとしてもおかしくない。

及川門十郎なる浪人者を何としてでも捜し出し、これを討ち取ってやると叫びたくなるのが人情であろう。

それを、武士として生きるならばこのような目に遭ったとて、不思議ではない。たとえ息子が大番士として務まらぬ体になったとしても、それは紀八郎に武運がなかっただけのことである。

上本家としては、いざとなれば大番士が務まる者を養子として迎えればよい。そうなったとしても、紀八郎の武士としての面目が汚されたことにはならない――。

与右衛門はそう言うのだ。

「真にありがたい御仁だ……」

新兵衛も思い入れを込めて頷いた。

「だが、きっと上本のお殿様も、汗みずくになって駆《か》けてきた新兵衛の姿に、心を打たれたのだろうよ……」

栄三郎は心底そう思って剣友を称《たた》えたが、すぐに真顔となって、

「及川門十郎……。そ奴はそう名乗ったのだな」

「そうらしい」

「及川門十郎、その名にはやはり覚えがないのか」

「まったくもってわからぬ……」

新兵衛は少し落ち着いたので、及川門十郎への憎悪が改めて湧《わ》き上がってきたのであろう、口を真一文字に結び宙を睨んだ。

栄三郎も新兵衛も、江戸で長く剣術を修めてきたが、聞いたことのない名であった。

陣馬七郎は門十郎の手並を見ているが、それは恐ろしくも鮮やかであったという。それほどの者なら、名前くらい聞こえてきてもよさそうなものだ。

「流れ者か……」

「だとすれば、流れ者が何故《なぜ》おれをつけ狙う」

「旅をしている頃、恨みを買った相手は……」

「おらぬとも限らぬが、旅先では恨みを買うような真似《まね》は極力控《ひか》えていた」

「江戸まで乗り込んで、一人でつけ狙うというのは余ほどのもんだな……」

「こうして門弟をいたぶり、おれにあてつけるなどとは、狂したとしか思えぬ」

「この先、門弟達が気になるな……」

他の弟子達が二の舞を演じることにもなりかねない。かといって、得体の知れぬ浪人一人を恐れて、剣術道場へ通うのを控えるなど、岸裏道場の面目にかかわる。

紀八郎の一件に触れた門人達も口々にその意を口にした。

夜も更《ふ》けてきたので、新兵衛は内弟子として道場で暮らす、西岡六之介《にしおかろくのすけ》と上本家の若党、小者の他は帰宅させた。その際及川門十郎の特徴を知らせ、このような浪人を見かけてもくれぐれも相手にならぬよう厳命した。

また、今日の一件を知らぬ門人にも、明日の朝一番に手分けして報せるよう言いつけ、

「おれは、紀八郎が動けるようになるまで、ここで寝泊まりをしよう」

ということにした。

「では、お咲にはおれが今宵の間に伝えておこう」

栄三郎は繫《つな》ぎ役《やく》を買って出た。

「そうしてくれるか。お咲には、当分の間稽古には来ぬように伝えてもらいたい」

新兵衛は、ある程度の決着を見ぬ間は、お咲に今日の一件は伝えぬつもりであった。

「うむ、それがよかろう」

得体の知れぬ浪人の魔の手が新兵衛に迫っている――。

今の時期に、そんなことをお咲に報せぬ方が好いと思うのは栄三郎も同じであった。

「お咲には好いように伝えておこう」

「頼む……」

新兵衛の口許が少し綻《ほころ》んだ。

「それから、及川門十郎のことも調べておこう。向こう傷に総髪、右の耳が欠けている……、その上に町場で喧嘩沙汰《ざた》をおこしているとなれば、町方《まちかた》の同心《どうしん》ならば知っているかもしれぬ」

手習い道場には、手習いが終る頃に南町の定町《じょうまち》廻り同心・前原《まえはら》弥十郎《やじゅうろう》がきまって顔を出す。

「まず訊《き》いてみよう。それにしても、岸裏先生は今頃どこで何をしていることやら……」

「まったくだな……」

こういう時いてくれれば、父親のように頼りになるものを――。

「ううッ……！」

体の痛みに目が覚《さ》めたのであろうか、上本紀八郎の呻《うめ》き声が重苦しい響きとなって、頷き合う二人の耳に聞こえてきた。

四

翌日。

秋月栄三郎は手習い師匠を務めている間も、落ち着かなかった。

昨夜は、岸裏道場を出てから、呉服町に田辺屋宗右衛門を訪ねた。

店仕舞《じま》いしてからの田辺屋を訪ねるなど滅多《めった》とない栄三郎である。

宗右衛門はいささか面食《めんく》らったが、元より彼は秋月栄三郎を大の贔屓《ひいき》にしてくれているから、そのような珍しさが嬉《うれ》しくて、早速奥の居間に栄三郎を誘った。

栄三郎は、以前から宗右衛門が探し求めていた読本が見つかったので、いてもたってもいられず持って参った次第にて――と、大きな声で廊下を行く。

そんな読本などないことは、宗右衛門にはわかっているから、

「おお、それは楽しみでございますな。まあとにかく奥へどうぞ……」

息子の松太郎の目を気にしつつ、巧《たく》みに話を合わせてくれたのである。

栄三郎は宗右衛門にだけは、松田新兵衛と岸裏道場に起こった騒動をはっきりと報せた。

その上で、お咲にはしばらく稽古を休むように伝えにきたと打ち明けたのだ。

「なるほど、剣術道場にはそういうこともあるのでしょうな……」

宗右衛門は、松田新兵衛の身を案じつつ、お咲への気遣いをありがたがってくれた。

そして栄三郎は、やがて酒の仕度《したく》をして運んできたお咲に、新兵衛から報せがあるまで、少しの間稽古は休むようにと伝えた。

「何故そのようなことを……」

愛《いと》しい新兵衛に会えないわけであるから、お咲はたちまち表情を曇《くも》らせた。

「何でも、新兵衛は夢に神仏からのお告げを蒙《こうむ》ったというのだよ……」

それは、大事に想う女がいるならば、しばらくは己が剣の精進《しょうじん》にのみ努め、女を身の傍へ寄せつけてはならぬというものであった――。栄三郎はそんな作り話をした。

「左様でございましたか……」

お咲は、新兵衛の大事に想う女が自分であると聞いて顔を赤らめた。

「そのようなことは一言も仰《おつしや》いませんでしたのに……」

「お咲が稽古場を出た後、僅《わず》かな間の微睡《びすい》にそのような夢を見たそうだ……」

栄三郎は話を合わせた。

「霊験《れいげん》を蒙った夢見には、逆らわぬ方がよろしゅうございます。お咲、松田先生はお前のことを大事に想ってくださっているようだ。よかったではないか……」

宗右衛門もすかさずこれに乗ってくれた。まだ夢見る娘の頃を引きずっているお咲は、

「しばらくとは、何時《いつ》までなのでございましょう……」

胸を焦《こ》がしつつ、それが新兵衛のためであるならばと、しばらく稽古を休むと納得したのである。

「たまに稽古を休んで家業の手伝いに専念すれば、松太郎の機嫌も好くなるであろう……」

そんなお咲に宗右衛門はやさしい言葉をかけたが、心の内では栄三郎と同じく、及川門十郎なる男のことが気にかかっていたのであろう、栄三郎と別れ際に、

「くれぐれも、ご武運をお祈りいたしております……」

神妙な顔をして言ったものだ。

そんなことなど考えていると、手習いに身が入らないのも仕方がなかった。

上本紀八郎の体は少しでも快方に向かっているのであろうか。

誰恨むことなく、武士の宿命として息子の惨事を毅然《きぜん》として受け止めた与右衛門のためにも、紀八郎の復帰が望まれた。

秋月栄三郎を岸裏伝兵衛の高弟《こうてい》の一人として捉《とら》えて、会えばいつも、

「これは秋月先生……」

と、笑顔で寄ってくる紀八郎の姿が思い出されて、栄三郎の心と体を熱くするのであった。

そうこうするうちに手習いも終り、手習い子達が帰り始めると、南町の同心・前原弥十郎がやってきた。

「子供ってえのは、いつ見ても無邪気《むじゃき》で好いもんだな……」

弥十郎は子供達の頭を撫《な》でたり、ちょっとはたいてみたりしながら、いつものように手習い所の上がり框《かまち》に腰をかけてあれこれ話し始めた。

妻女の梢《こずえ》が懐妊中で、このところ弥十郎は今まで以上に子供に対する蘊蓄《うんちく》を傾けるようになっていた。

「どんな子供が産まれるか見物だな……」

「へい、男でも女でも、さぞかし口うるせえ大人になるんでしょうねえ」

栄三郎と又平は、辟易《へきえき》しながらこんな陰口を叩いているのだが、今日ばかりは弥十郎の真ん丸顔が待ち遠しかった。

「旦那《だんな》、ちょいとお訊《たず》ねしたいことがあるんですがねえ……」

顔を見るや、栄三郎は傍へ寄って姿勢を正した。

取次屋の看板をあげるこの辺りでは名物男の秋月栄三郎に頼られて、弥十郎はちょっと得意な顔になり、

「おれに訊きてえこと……？　まあ、他ならぬ栄三先生のことだ、言ってみな」

もったいをつけて応じた。

――面倒くせえ奴だな。

栄三郎は腹に一物いれながら、及川門十郎という名に聞き覚えはないか、弥十郎に問いかけた。

「及川門十郎……」

弥十郎の物覚えは好い。僅かな人数で江戸の治安を司《つかさど》るのが定町廻り同心である。ぼーッとしていては務まらないのである。

「気味の悪い総髪の野郎かい……」

「やはり知っていたんですかい……」

さすがは前原の旦那だと、栄三郎はおだてるだけおだてて、

「まあ、そりゃあ、おれに知らねえものはねえさ……」

弥十郎を調子に乗せたが、彼の話では向こう傷はあったものの、右耳が欠けている様子はなかったという。

「この三年の間に、どこかで何かをやらかしたんだろう……。右の耳先を切られるとは、また物騒な話だぜ……」

「てことは、旦那が見かけたのは三年前なんですね」

「そういうことだ。栄三先生、お前も奴を知っているのかい」

「ああ、いえ、及川門十郎っていう薄気味悪い浪人がいるって話を、噂《うわさ》に聞いたんですよ……」

栄三郎は、岸裏道場の面目にかかわることなので、そのへんは言葉を濁《にご》した。

「なるほど、噂か……」

弥十郎は、栄三郎のことであるから、色んな噂話を耳にしているのであろうと、さして気にもせずに三年前の話を始めた。

「奴はどうしようもねえ剣術使いだ。気にくわねえ剣客を見かけたら、喧嘩を売って

果《は》し合いに持ち込む……」

その日、弥十郎は牛込《うしごめ》の辺りを見廻っていたのだが、田の脇で二人の武士が斬り合いに及んでいると聞きつけ駆け付けた。

そこにいたのがあの向こう傷の武士で、もう一人は袖無《そでな》し羽織を着た、いかにも立派な剣客風の武士であった。

弥十郎が到着した時、既《すで》に斬り合いは始まっていたようで、剣客風は手傷を負っていた。

「あいや待たれい……」

弥十郎はすかさず止めに入った。

立会人を務めていると思われる武士が、真っ青な顔付きで、祈るような目を弥十郎に向けていたのだ。

この武士は剣客風の連れのようだ。

恐らく何かの口論から決闘へと発展して、その場の成り行きで立会人を務めさせられたのであろう。

だが、得体の知れぬ浪人者の強さと不気味さに触れ、何とか止めさせられないかとおろおろしているように見えた。

「真剣勝負など無益なことでござる。まず刀を納められよ……」

弥十郎は叫んだが、

「ええいッ！」

次の瞬間、弥十郎の言葉にはまるで耳を貸さず、向こう傷の浪人が踏み込んで剣客
風の胴を真っ二つにした。

辺りには血が飛び散り、生臭さが漂った。

斬られた武士は即死で、立会人は惨劇《さんげき》にその場に座り込んだ。

八丁堀《はっちょうぼり》同心として幾多《いくた》の修羅場を見届けている弥十郎であるが、その冷酷な斬殺《ざんさつ》
を目の前にして怖気立ったという。

「これは、互いに納得ずくの果し合いにござる……」

浪人は刀身の血を拭《ぬぐ》い、弥十郎に会釈をすると、立会人の武士を睨みつけた。

「そうでござったな……」

立会人は声も出ず、問いかけに首を縦《たて》に振った。

余計なことを言おうものならば、そのまま首を刎《は》ねられそうな殺気が、自分に向け
て放たれていたのである。

「某は、及川門十郎……」

そして、向こう傷の浪人はこのように名乗って、今は馬喰《ばくろ》町に宿を求めていると告げると、

「御免《ごめん》……」

堂々たる足取りで立ち去ったのだ。

立会人から話を聞くと、斬られたのは、石橋《いしばし》十左衛門《じゆうざえもん》という浪人剣客で、広大な早稲田田圃《わせだたんぼ》の東はずれにある田中寺門前《でんちゆうじ》の茶屋で、旅の剣客・及川門十郎と行き合った。

石橋は念《ねん》流の遣い手で気位《きぐらい》の高い男である。それに門十郎があれこれと剣術談議を持ちかけたので、

「おれを、おぬしのような田舎兵法指南と同じにするな……」

ついに、厳しく拒絶しそこから口論となった。

立会人の武士も浪人で、日頃、石橋の世話になっているゆえに、石橋の味方をして喧嘩を煽《あお》ったところ、石橋も門十郎も引くに引けず、

「真剣勝負をいたそうではないか……」

ということになってしまった。

剣客同士の意地の張り合いから、このような喧嘩の延長ともいえる果し合いに発展

することはままある。

だが、立会人を務めた浪人は、石橋十左衛門ならば、真剣を抜いたとて、あっという間に相手の腕や足などに手傷を負わせ勝利するであろう。

相手が動けなくなるのを見はからって、勝負を止めてやればいい――。

彼はそんな風に甘く考えていた。

だが、立合ってみると、門十郎の強さは生半《なまなか》なものではなかった。

争闘に馴《な》れた太刀捌《たちさば》きには余裕があり、情け容赦なく石橋を攻めた。

腕や足に手傷を負って、動きが鈍くなったのは石橋の方であった。

立会人は、

「これまでといたそう……」

と、割って入ろうとしたが、

「まだまだ……!」

石橋十左衛門も、意地を張った。

それゆえ、定町廻り同心が止めに入ってくれた時はほっとしたのだが、そんなことで納得ずくの真剣勝負から身を引く男ではなかったのである。

弥十郎は、自分の制止を聞かず石橋を斬殺した及川門十郎をそのまま行かせてしまったことを悔やんだが、石橋の顔を見た時に、こんな果し合いなどどうでもよくなっていたのも確かであった。

石橋十左衛門の顔に見覚えがあったのだ。

この男は剣客を気取っているが、一方で内藤新宿《ないとうしんじゅく》辺りを縄張りにするやくざ一家の用心棒をしていたことを思い出したのである。

立会人の浪人は、それゆえ金回りのよかった石橋に取り入ってたかっていたのであろう。

所詮《しょせん》は不良浪人同士の果し合いなら、

「一人片付いてよかったってもんだ……」

弥十郎は、果し合いの上、斬り死にを遂《と》げたと処理して、この一件を片付けた。

その後石橋十左衛門を失ったやくざ一家は、すぐに対立していた他の一家に縄張りを追われてしまったから、及川門十郎は縄張りを奪ったやくざ一家に頼まれ、果し合いに持ち込んで石橋を始末したのかもしれなかった。

そのような不良剣客が江戸にいるとなれば、放ってはおけない。

「それでおれは、及川門十郎という浪人を見かけたら気をつけろと、御用聞き達に触れを出した」

「ほう、ますます旦那は大したもんだ」

日頃は面倒な蘊蓄おやじであるが、なかなかに仕事熱心である前原弥十郎を、栄三郎は見直す想いであったのだが、

「いや、そいつは違う……。今おれは、及川門十郎をそのまま行かせちまったのを悔やんだと言ったが、本音を言えば悔やむも何も、おれはあの化物が恐かったのだよ。ほんのちょっとの間も、奴とかかわっていたくなかった……。それだけだ」

弥十郎は自嘲気味に言った。

「旦那は正直なお人だなあ。そりゃあ八丁堀の旦那だって、命あってのものだねだ。いちいち化物の相手なんてしていられませんよ。大事なのは、その後、目を離さねえでいるってことでしょう」

栄三郎は、またひとつ弥十郎の仕事《つとめ》に対するこだわりに感じ入って、励ましの言葉をかけた。

「うん、そうだな。おれもそう思うんだ。やっぱり栄三先生とは気が合うな」

弥十郎はたちまち元気になって、栄三郎の肩をぽんと叩いた。

――誰がお前なんかと気が合うかよ。調子の好い男だぜ。

栄三郎は心の内で呆《あき》れつつ、

「で、それから及川門十郎は、どうなったんです……」

「すぐに宿を払い、江戸からいなくなったよ。石橋十左衛門を殺した礼金をもらって、また旅に出たんだろうな」

「そうですか……」

「噂を聞いたというが、まさか門十郎がまた江戸にいるとか……？」

「いや、それはどうか……。そもそもわたしは見たことがありませんので……」

「そうかい……。見かけたからって傍へ寄るんじゃあねえぜ。お前の腕ではばっさりやられちまうよ。はッ、はッ、はッ」

一瞬神妙な表情を浮かべたかと思うと、弥十郎はまた栄三郎の親友面《づら》をして、何度も肩を叩きながら再び市中見廻りに出かけた。

「旦那……」

先ほどから栄三郎の傍らで、ずっと話を聞いていた又平が口を開いた。

「どうやらとんでもねえ野郎のようですね」

「ああ。今の話を聞いていると、新兵衛を恨む誰かが、及川門十郎を雇ったのかもしれねえな……」

栄三郎は、弥十郎にこのことをそっくり報せるべきであったか否《いな》か思案をしつつ、岸裏道場へと向かった。

# 五

その頃、及川門十郎の姿は藁屋根《わらやね》の小さな家の内にあった。

そこは百姓家のような趣《おもむき》で、浅草蔵前の近く、八幡宮《はちまんぐう》の裏手の木立《こだち》に囲まれたところにひっそりと建っていた。

八幡宮の鳥居《とりい》前の道は、浅草御門から続く日光《にっこう》街道で、人や荷の往来《おうらい》で賑《にぎ》わう大きな通りである。

しかし、ここはうって変わった静けさで、このようなところに家があることさえ気付かぬほどだ。

かつてはこの閑静《かんせい》を好んで誰かが茶屋を建てたのだろうか。そして、その閑静過ぎるゆえに客もつかず店を閉めてしまったのかもしれない。

久しぶりに江戸へ出てから、岸裏道場の周辺に姿を現す以外は、ほとんどこの家の中にいる門十郎であった。

濡《ぬ》れ縁《えん》に座って、木立の中を飛び交う鳥の鳴き声に耳を澄まし、門十郎はなめるように徳利《とっくり》の酒を飲んでいる。

やがて夕闇が辺りに立ちこめ、門十郎を赤く染めた。

空のちぎれ雲はどこか怒ったようで、秋の夕の物哀しさを地上に落としていた。

この姿を外から眺《なが》めるに、この家は鬼の住処《すみか》に映るであろう。

それほどに、及川門十郎の五体からは、剣気、殺気、狂気が立ちのぼっている。

夕陽《ゆうひ》の赤が、黒く変わろうとする頃、鬼の住処にあろうことか一人の女が入ってきた。

見た目には、二十五、六の武家の下働きの女のようである。

しかし、その女は、

「兄上、ただ今戻りました……」

と、門十郎に声をかけた。

「棉江……、どうであった……」

「お咲は岸裏道場に姿は見せませなんだ……」

女は堂に入った武家言葉で門十郎の問いに応えた。

そうである。

この藁屋根の家は、渡り別式女・黒木棉江の住まいであった。

果して武家の下働きの女のごときは、黒木棉江の世を忍ぶ姿なのだ。

驚くべきことに、件の話しようから見るに、及川門十郎と黒木棉江は兄妹ということになる。

「思った通りだ……」

門十郎はニヤリと笑った。

「松田新兵衛はお咲の身を慮《おもんぱか》り、しばらくは稽古場に寄せつけぬつもりなのだ」

「ふふふ……、このまま、恋しい松田新兵衛の許では二度と剣術の稽古ができぬとは、今はまだ夢にも思うておりますまい」

棉江の目にも残忍な光が宿っていた。

その不気味な輝きが二人は実によく似ている。

この兄妹はいったい何を企《たくら》んでいるのであろうか。

下げ髪に白い帷子《かたびら》、袴を着していた男装の棉江の面影はなかった。女としては大柄な体を少し折り曲げるようにして、姿勢の悪い山出しの奉公人を演ずれば、これが渡り別式女の黒木棉江だとは誰も気付くまい。

既に不気味な容貌が知れてしまった門十郎に代わって、棉江が岸裏道場周辺を探っていたようだ。

そして、この棉江の変装を気にする者は誰もいなかったのである。

女剣士としての気位が高かった棉江が、このような姿に身をやつしてまで、剣術道場の周りをうろつくとは、いったい何が彼女をそうさせたのか――。

それはやはり、お咲への憎悪であった。

並木道場にて留以を打ち破り、高家《こうけ》を務める宮沢家の用人の前で、大いに面目を施した棉江であった。

この後は、宮沢家はもとより、宮沢家からの口利きで旗本・大名家からのお召《め》しもあるはずであった。

留以を情け容赦なく打ち倒したのも、剣術道場の娘で美しく颯爽《さっそう》とした並木留以に、世間の目が行くことを嫌ってのことであった。

それを、商家の娘の身でしゃしゃり出て、剣術一筋に生きてきた武家の自分に小《こ》癪《しゃく》な言葉を浴びせたのがお咲であった。

暮らしには何の不自由もない若い女が、金持ちの道楽で剣術に励み、松田新兵衛なる気楽流でも名高い剣客から大事にされ、指南を受けている。

それだけでも棉江にしてみれば気に入らない女であるが、何よりもお咲を金持ちの道楽に走らせたのが、松田新兵衛への恋慕《れんぼ》であるというのが頭にくる。

お咲が新兵衛に一目惚《ひとめぼ》れをして、少しでもその身と彼の精神世界に近づこうと思い立ち、剣術の稽古を始めたという事情は、よく知らない棉江であった。

しかし、岸裏道場を訪ねお咲の様子を窺うに、この女は松田新兵衛を恋い慕っているとすぐに知れた。

容姿には恵まれなかったという思い込みが、女としての僻《ひが》みを生み、それが他人の恋への妬みを増大させ洞察力を養う――。

棉江はいつしか真に厄介《やっかい》な女の勘《かん》を身につけてしまっていた。

――こんな女に負けるわけにはいかぬ。目にものを見せてくれる。

お咲への憎悪を力として、岸裏道場にて仕合に挑んだが、その結果は真に呆気ない完敗であった。

それによって、宮沢家からの誘いはなくなったばかりか、今まで自分を引き廻してくれていた亡父の盟友・近田善二郎もよそよそしい態度を見せるようになった。

棉江は自棄《やけ》を起こして、お咲の外出《そとで》を狙って木太刀での立合を無理矢理に迫ったが、これも返り討ちに遭い、首筋を打たれ気を失って近くの自身番屋で目が覚めた。

聞けば、お咲の身を案じて松田新兵衛があの場に現れ自分を運び込み、木太刀での立合にいたるまでの経緯を店番《たなばん》に語り伝えたという。

「まず、襲われたといえぬこともないが、こうして二人ともに無事であるし、この別式女殿もそのうちに気がつくことでござろうほどに、まず当方としては互いに含んだ上での立合であったと済ませとうござる」

新兵衛の言葉に店番も感じ入り、

「このような真似は二度となさらぬように……」

と、やがて正気に戻った棉江に諭《さと》すように言うと、そのまま役人の手を煩《わずら》わすまでもなく棉江を帰したのだが、棉江にとっての屈辱は相当なものであった。

立合の名の下に、あの気にくわぬ女が二度と竹刀《しない》を握れぬようにしてやろうと思ったのが、かえって気遣いを受けたのであるから――。

自分を自身番屋へ運んだ後、さぞやお咲は松田新兵衛に守られている身の幸せを噛《か》みしめつつ、田辺屋へ帰っていったのであろう。

そう思うと、このまま胸を突いて死んでしまいたい気持ちになった。

それから棉江は、八幡裏のこの家に籠《こも》ってしまった。

近田善二郎は相変わらず近寄ろうともしない。

真に胸を突くか、それとも次は真剣を抜いてお咲を襲ってやるか――。

だが、お咲に喫した二度の敗北は、一方で棉江から剣士としての自信を奪っていた。

そのような折に、久し振りに江戸へ現れたのが、及川門十郎であったのだ。

いったいこの兄妹はどのように繋がっているのか——。

「岸裏道場の門人を痛めつけてやったゆえ、松田新兵衛はおれとの立合を拒《こば》めぬであろう」

門十郎は、棉江にゆっくりと頷いてみせた。

「松田新兵衛はかなりの遣い手であるそうな……。ふふふ、だが兄上の相手ではない……」

「知れたことよ。お前を酷《ひど》い目に遭わせた、お咲という女が、嘆《なげ》き悲しむところをじっくりと見てやるがよい」

「あの女から、何よりも大事なものを奪い取ってやれたら、この上もないことにござりまする。真に兄上は好い折に江戸へ参られましたな」

「何とはなしに、お前がどうしているか気になったのだ」

「さすがは兄上、誰よりもこの棉江を気遣《きづこ》うてくださります」

「今しばらく、お咲の様子を探るがよい」

「それはわかりましたが、いったいどうするおつもりで……」

「ただ松田新兵衛を斬るだけではおもしろうない。お咲の目の前で奴を斬り、新兵衛の息があるうちに、奴の目の前でお咲を嬲《なぶ》り者にしてやるのだ……」

六

岸裏道場で養生していた上本紀八郎は、数日がたつと熱も引き小康《しょうこう》を得た。

まだ安静が必要ながら、この分であると上本家の屋敷に駕籠で移るくらいは大事ないであろうと、医者の土屋弘庵は診立《みた》てた。

「まず、それからが元通りの体に戻るかの勝負ではあるがな……」

それでも、紀八郎の稽古再開はまったく見通しが立たなかった。

松田新兵衛は、及川門十郎なる者がいつ果し合いを申し出てくるかを、日々、精進潔斎《けっさい》をしながら待ち構えていた。

秋月栄三郎が、南町同心・前原弥十郎から聞いた話では、及川門十郎は果し合いの名の下に人を斬る、殺し屋のような男であるという。

どこでどんな恨みを買っているかわからぬ新兵衛だが、そのような卑劣な浪人を許すわけにはいかない。

上本与右衛門のためにも、新兵衛はいつでも受けて立つつもりであった。

この間、又平は手習い道場と岸裏道場の間を行ったり来たりしていた。

何か用はないか、新兵衛に伺《うかが》いを立てるための繋ぎ役を果していたのだが、

「今のところ、及川門十郎らしき野郎を、あの辺りで見かけた者はいねえようですぜ
……」

又平は、門十郎を見かけたら、得意の尾行で居場所だけでも摑《つか》んでやるのにと、栄三郎に口惜《くや》しそうな顔を見せていた。

新兵衛とて、受けて立つ覚悟はできていても、未《いま》だ及川門十郎の実態がわからずとにかくすっきりとしないのである。

だがさすがに又平も、あの黒木棉江が変装をしてこの界隈に出没していることにはまるで気付いていなかった。

思えば又平は、あの浅草の八幡宮裏にある棉江の家を知っていた。

近田善二郎が岸裏道場に、棉江とお咲の仕合話を持ち込んできた時、近田の企みを探り身辺を洗ううちに、行き当ったのである。

その家に今、及川門十郎がいることなど栄三郎すら思いもよらぬことであった。

木太刀による立合で見事に返り討ちにされた後、棉江はすっかり姿を見せなくなっ

た。

そして、棉江からこの事実を聞いた近田善二郎からは、松田新兵衛の許に丁重《ていちょう》な詫びが入った。

岸裏道場での負けがあまりにも納得いかず、つい力余ってあのような無理強《むりじ》いをしてしまい、今は反省しているとのことであった。

腕を少し痛めたとはいえ、勝利したのはお咲である。失神して自身番屋へ運び込まれて、恥ずかしい思いをしたのだ。もう棉江のことはどうでもよかった。

田辺屋にはお咲の縁談が持ち上がり、新兵衛はその話を栄三郎に聞かされあれこれと詰られた。

このところは慌《あわただ》しい日々が過ぎ、いつしか棉江の存在など皆一様に忘れていた感があった。

そんな折、岸裏道場の前に一丁の駕籠が着いたかと思うと、辺りを気にしながら道場の門を潜り、新兵衛を訪ねてきた一人の武士の姿があった。

その武士は、近田善二郎であった。

黒木棉江との仕合を申し込んできた時からさほど日もたっていないというのに、近田の顔には張りがなく、何やらやつれて見えた。

「その折は、色々と御迷惑をおかけいたし、真に申し訳なく思うておりまする……」

応対に出た新兵衛の前で近田は畏《かしこ》まった。

「それはもう済んだことでござるゆえ、お気になされますな……」

新兵衛は落ち着き払って言った。

及川門十郎との対決で心の内は騒いでいるが、それを克服して平常心を保つのも、新兵衛にとっての修行のひとつであった。

「本日お訪ねしたのは、ひとつお耳に入れておきたきことがござりまして……」

新兵衛とは対照的に、近田は気が焦っているように見える。

「耳に入れておきたきこと……?」

「まさかとは思いますが、及川門十郎なる浪人者を見かけませなんだか……」

「何と……」

新兵衛の驚いた表情を見て、

「やはり……。それで、門十郎は何かしでかしましたか……」

近田は身を乗り出して新兵衛を見た。

「詳しい話は御容赦願いたいが、我が道場の門人が、木太刀での立合を求められ、怪我をいたしました」

新兵衛は逸る心を抑えて静かに言った。

「何ということを……」

近田はうなだれた。

「近田殿は、及川門十郎を御存知でござるか」

「はい……」

「いったい奴は何者で、何ゆえ某を狙うのか、まずお教え願いとうござる」

「あ奴は、棉江の死んだ父親が、町の女に産ませた子でござる……」

「では……、及川門十郎は黒木棉江の……」

「兄にあたります……」

「左様であったか……」

黒木棉江の父は哲之丞《てつのじょう》といって、とある旗本家の奥用人を務めていた。同じく用人を務めていた近田善二郎とは親しい間柄で、哲之丞もまた世渡りの上手な男であった。

それゆえ、奥用人という立場上、商人からの付け届けも多く、町場で遊ぶことを好んだ。

そのうちに、根津《ねづ》の女芸者であったお富《とみ》とわりない仲となり、お富は哲之丞の子を産んだ。それが門十郎である。

ところが、哲之丞の妻は気性が激しく悋気《りんき》の強い女で、この事実を知って怒り狂い、お富にいくばくかの金子を渡して江戸から追い出してしまった。

良人《おっと》との間には子がなく、哲之丞がお富の産んだ子を引き取ると言い出すのではないかと、恐れを抱いたからである。

その後、夫婦の間には棉江が生まれたが、棉江が十歳の折に主家が無嗣廃絶《むしはいぜつ》となり、黒木家は禄《ろく》を失うはめになる。

哲之丞は、妻が追い出した後も、お富と子供のことが気にかかり、そっと繋ぎを取っていたのだが、浪々の身となり金銭を送ってやることもままならぬ中、病に倒れ帰らぬ人となった。

この間、お富は門十郎を連れて八王子《はちおうじ》に移り住んでいたのであるが、江戸を出たのを契機に浪人の後家と息子であると偽って〝及川〟を名乗り暮らしたという。

「お前は武家の子なのですよ……」

お富はそれを支えに新しい土地で暮らして、門十郎を町の剣術道場に通わせたという。

自らも賃仕事《ちんしごと》をこなしたし、この頃は哲之丞からの助けもあったので、何とか母子は方便《たつき》を立てられたのだ。

しかし、哲之丞の死が母子に暗い影を落とし、門十郎を一廉《ひとかど》の剣客にして、共に江戸に戻って暮らす夢もはかなく消えた。

あれこれ無理がたたって、お富もまた哲之丞が死んで三年の後にあえなくこの世を去った。

この時、門十郎は二十歳《はたち》を過ぎ、甲源一刀流《こうげんいっとう》の道場でめきめきと頭角を現していたのだが、己が出自を知り、何ともやりきれぬ想いから暴走を始める。元々が荒々しい気性で、周りの者達を恐れさせていたのだが、自分の腕が使いようによっては金になると悟って、よからぬ連中とつるむようになっていたのだ。

一方、哲之丞の妻もまた、夫を失った後は、哲之丞の盟友であった近田善二郎の助けを借りて、棉江を何とか育てていたが、近田とて浪人の身であった。この頃はまだ渡り用人の口も少なく、母娘を十分に助けてやる余裕もなかった。

お富が死んだ数年後に、棉江は苦しい暮らしの中、母を亡くした。

まだ十六、七で、取り立てて器量が好いとは言えぬ棉江の先行きを近田は案じたが、

「そのうちに、棉江の姿が江戸から消えたのでござる」

棉江に救いの手を差し延べたのは、他ならぬ及川門十郎であった。

不良剣客となった門十郎は、母と自分を江戸から追い出した父の正妻を、殺してやろうと江戸に出たものの、江戸には異母妹の棉江がいるばかりとなっていた。

肉親の情に薄い門十郎は、自分に妹がいることに興をそそられ、これを訪ねてみた。

すると、棉江も自分には兄がいることを知り、それが気になっていたゆえに門十郎との対面を喜んだ。

「兄上……、母上の仕打ちはどうぞ許してやって下さりませ……」

一人残され気弱になっていた棉江は、兄に見捨てられるのを恐れ、素直な姿を見せた。

門十郎は、兄上と呼ばれたことが余ほど嬉しかったのか、

「おれがお前を食わせてやろう……」

そう言うと棉江を連れて、武州《ぶしゅう》から上州へ——。用心棒として方々の博奕《ばくち》打ちの一家の客人となって渡り歩いた。

喧嘩相手の用心棒と刃《やいば》を交えることも多々あったが、門十郎の腕は群を抜いていて、後れを取ることはなかった。

及川門十郎の名は、その筋では知られるようになり、兄妹は何不自由のない暮らしを送った。

棉江は、やくざ者の一家の客人として暮らす日々に、初めのうちは戸惑ったが、江戸での貧しさ、ひもじさを想うと幸せであった。

そして何よりも、強い兄の姿に憧《あこが》れ、自らも剣術を門十郎から習うようになった。

「さすがはおれの妹だ……」

門十郎は棉江の筋の好さを誉め、棉江はやがて江戸へ出て、別式女を目指したいと兄に告げた。

「それも好いだろう……」

門十郎は棉江に剣を仕込んで江戸へ送り出したのである。

棉江は江戸へ出て近田善二郎を頼った。

その際、兄の及川門十郎が上州で剣術道場を開いていて、今まではそれを頼って剣の修行に励んだのだと伝えた。

近田は、黒木哲之丞の庶子が剣客を目指しているとは聞いていたから、この兄妹の邂逅《かいこう》が好い具合に進んだものだと喜んだ。

それで、棉江を渡り別式女として諸家に送り込んで、自分の世過ぎにも役立てるよ

うになったのだが、

「その後、及川門十郎がとんでもなく恐ろしい男になっていることに気付いたのでござる……」

「なるほど、門十郎は三年前に、石橋某《なにがし》というやくざ者の用心棒を果し合いの名の下に斬ったそうでござるが、時折人を斬りがてら、黒木棉江の様子を見に来ていたと見える……」

新兵衛は、及川門十郎が思いもかけず棉江との因縁で、岸裏道場にまとわりついていると知り嘆息した。

「三年前のことがお耳に……」

「世間は狭《せも》うござるゆえに……」

門十郎が三年前に江戸に現れ、一人の武士を斬った一件を新兵衛が知っていたので、近田は驚いたが、それならば話が早いと、

「その門十郎を見かけたゆえ、もしや先だってのお咲殿の一件を根に持った棉江が、門十郎に助太刀を頼んだのではないかと、案じられましてな……」

近田は、このところ沈黙している棉江が気になって、八幡宮裏の家へ訪ねようとしたところ、そこに門十郎の影があることに気付いて、まず新兵衛に報せにきたのだと

言った。

岸裏道場に何か害をなさんとしているのではないかと思い、それが案じられたと近田は深刻な表情を浮かべている。

恐らく近田は、及川門十郎が上州で剣術道場を開いているという棉江の嘘《うそ》を問い質《ただ》し、

「あの兄と関わるのならば、別式女としてのお前の立場は悪くなるのだぞ」

などと忠告していたと思われる。

棉江はそれを適当に受け流していたのだが、お咲に敗れ、兄と同じく狂気の沙汰に陥《おちい》ってしまった。

となると、別式女として棉江を売り込んでいた近田善二郎にとっても、世間での立場が悪くなる。

それゆえ近田は及川門十郎の素姓を松田新兵衛に告げることで、少しでも自分に対する風当りを弱めておこうという算段なのであろう。

岸裏道場に来るにあたって、駕籠で乗りつけたのも、このところの棉江に対する冷淡さを門十郎に詰られるのではないかという恐怖からであろう。

「松田先生、ここはお気を付け下さりませ」

近田はさも心配げに言った。

新兵衛は近田の真意にうさんくさいものを覚えながらも、

「及川門十郎が何ゆえに某に絡んできているかが、これで合点が行き申した。この後は当道場とあ奴めの関わりにござれば、近田殿におかれては、しばらくの間は宮沢様の御屋敷の内におられるがようござる……」

と、謝意を込めて静かに言った。

秋月栄三郎の調べによって、近田が高家・宮沢家の客分扱いでいることを新兵衛は知っていた。

「畏れ入りまする……」

近田は深々と頭《こうべ》を垂《た》れた。新兵衛には何もかも自分のことが知れているのが空恐ろしかった。

新兵衛は、近田を帰した後すぐに秋月栄三郎に遣いを送り、岸裏道場に呼んだ。

栄三郎は話を聞くや愕然《がくぜん》として、

「どこまでも執念深い女だ……。棉江は、お咲に敵《かな》わぬとなれば、憎いお咲から何よりも大事なものを奪い取ってやる……。その想いを及川門十郎にぶつけたのであろう」

と、推量した。

「おれは好いが、お咲のことが案じられる……」

いざという時を思って、お咲にはしばらく稽古を休ませたのだが、それが幸いしたと、新兵衛はひとまず胸を撫でおろしたが、

「栄三郎、念のため、お咲を当分店の外に出さぬように仕向けてくれぬか」

と、頼んだ。

「わかった。及川門十郎の動きに気をとられて、このところは棉江のことを忘れていた。又平には浅草の家を探らせよう……」

栄三郎はすぐに動いた。

「すまぬ……」

別れ際、新兵衛がしっかりと頭を下げた姿が、栄三郎の瞼《まぶた》に焼きついた。

そこには新兵衛のお咲への深い想いが表れていた。

――まさか、お咲は遣いなどに出てはいまいな。

栄三郎の胸の内に不安がよぎる。

駆けたものの、岸裏道場からほど近い田辺屋が遙《はる》か遠くに思えた。

やっと店の大暖簾《おおのれん》を潜ったものの、そこには荷を動かしているこんにゃく三兄弟が

いて、栄三郎の顔を見るや、

「こいつは先生……！　あいにくお嬢さんなら、お出かけになっておりやすぜ……」

勘太が間の抜けた声で言った――。

# 七

その日、お咲は田辺屋に戻ってこなかった。

兄・松太郎の言い付けで、お咲はまた明石町の料理屋〝大舟〟へ遣いに出たのだが、気になった栄三郎がこんにゃく三兄弟を率《ひき》いて行ってみれば、

「お咲さんならお遣いに来てすぐに帰っていきましたが……」

とのことであった。

方々捜してみても姿は見えなかったが、念のため栄三郎は、総髪で眉間に向こう傷、右の耳の先が欠けている浪人者を見かけなかったかと問いかけると、船松町の渡し場の船頭の一人が見たという。その浪人は女連れで、

「何とも気味の悪い浪人でしたぜ……」

だったそうな。

「しまった……」

栄三郎は地団駄《じだんだ》踏んだ。

お咲は及川門十郎、黒木棉江兄妹に攫《さら》われたのに違いない。

このところは岸裏道場に行けぬ無聊《ぶりよう》を紛《まぎ》らすために、外への遣いも進んでこなしていたお咲であった。

道場へ近づけぬことが、かえって災いを生んだのである。さすがのお咲も門十郎が相手では敵わない――。

もしや、浅草の八幡宮裏にある棉江の家に連れ去られたのではないかと、ここを探りに出た又平の帰りを岸裏道場で待ったが、

「棉江はあの家を引き払ったようですぜ……」

戻ってきた又平の報せは虚《むな》しいものであった。

「田辺屋の主殿に会おう……」

新兵衛は栄三郎と二人で田辺屋を訪ね、宗右衛門と松太郎の前で事情を伝えた。

さすがの宗右衛門もこれには取り乱した。

大騒ぎをするかと思われた松太郎は、意外や黙りこくって、〝大舟〟へ行かせたことを悔やんだ。

「まだ、そうと決まったわけでもござらぬが、もしそのような目にお咲が遭っているならば、某が命にかえても取り戻すゆえ、心丈夫にして下され……」

新兵衛は父子に対して力強い言葉を放った。

この時の新兵衛の顔付きは、怒れる仁王《におう》像のように厳《きび》しいものであった。

この迫力に宗右衛門も松太郎も息を呑んだ。

お咲のために命をかけるという想いが、言葉だけでないことが、ひしひしと伝わってきたからである。

宗右衛門は取り乱してしまった己を恥じた。

剣術を習うなら、金持ちの道楽と笑われぬように励みなさい。お咲にそう言ったのは自分であった。

ましてや、松田新兵衛ほどの剣客の境地に少しでも近づきたいと思うのなら、あらゆる危険が伴《ともな》うのも覚悟の上であったはずだ。

このような目に遭わせたくないゆえに、新兵衛はお咲との間を保ってきたのであろう。それをひたすらに近づいて、新兵衛に命をかけさせる原因を生んだのは自分達父娘であったのだ。

「松田先生、すべては手前が引き起こした難儀《なんぎ》でございます。お詫びのしようもございませんが、どうか、秋月先生にもお力添えを頂戴《ちょうだい》いたしましてお咲を助けてやってくださりませ……」

　宗右衛門は栄三郎と新兵衛の前で大きな体を折り曲げて平伏した。

　松太郎は何か言いたそうであったが、松田新兵衛と田辺屋宗右衛門という二人の威風にこの場を席捲《せっけん》されて、ここは息子の立場をわきまえたか、黙って宗右衛門に倣《なら》った。

　言葉少なであるのは栄三郎も同じであったが、彼の顔付きもまた、新兵衛に劣《おと》らぬ厳しいものとなっていた。

　怒った時の栄三郎の剣は、凄《すさ》まじく強い――。

　新兵衛はそう言って憚《はばか》らないが、日頃は市井《しせい》の極楽蜻蛉《ごくらくとんぼ》として暮らすものの、秋月栄三郎は、いざという時にいつでも命を捨てる覚悟を持ち合わせている男である。

　この瞬間、剣友・松田新兵衛と、愛弟子《まなでし》・お咲のためにその覚悟を己に問うたのであった。

　とはいえ、どんな時にでもまず落ち着いて知恵を巡らすのが、取次屋としての心得でもあった。今、栄三郎は新兵衛の軍師であらねばならなかった。

　まず田辺屋の娘が攫われたなどという風聞《ふうぶん》が広まるのは、お咲にとってよくはない。

数日の間、お咲が田辺屋にいない理由を作り、まず身内からそのように思わせるよう宗右衛門に勧《すす》めた。

「なるほど。ではひとまず、向嶋の寮の番をしてくれている爺《じい》やの具合が悪いので、番をしがてら様子を見に行ったことに……」

宗右衛門は、松太郎と相談してそのように体裁《ていさい》を整《ととの》えた。

知恵を絞ると少し心に余裕が出てくるものだ。そのうちに、田辺屋父子は落ち着きを取り戻していた。

「お咲はまず無事ですよ……」

栄三郎の頭も冴《さ》えてきた。

「及川門十郎という男は、狂っているように見えて、果し合いに託《かこつ》けて人を斬るなど、なかなか知恵を巡らせている。お咲を攫ったとしたら、それは松田新兵衛を果し合いの場に呼び寄せる手立てにするためでしょう」

「それは確かに……」

宗右衛門は相槌《あいづち》を打った。

「門十郎が棉江の仕返しをするだけなら、まずお咲を狙ったはずなのに、そうはしなかった。それは、松田新兵衛を倒すことでお咲の今まで積み上げてきたものを無にしてやろうという企みではないかと……」

「お咲の目の前でおれを斬る……。そういうことか……」

「そうに違いない。それゆえ、新兵衛と門十郎が相対するまで、奴はお咲に手は触れぬはずだ」

栄三郎の読みは的中した。

夜となって、托鉢《たくはつ》の僧が、女から預かったという文を岸裏道場にもたらしたのである。

過分な喜捨《きしゃ》を頂戴し、恐縮したところ託《ことづ》かり、届けることになったのだと、僧は応対に当った西岡六之介に決まり悪そうに手渡したのだ。

この時、栄三郎も又平と共に道場に詰めていて、僧にどこで渡されたかと問うと、永代橋の袂《たもと》で武家の下働き風の女中に、この道場の門人が外で大変なことに巻き込まれているので、届けてはもらえないかと頼まれたという。

身体の特徴を問うと、その女は棉江のそれに重なる。

「御苦労でござったな……」

栄三郎は、僧から文を受け取り心付を渡して帰すと、新兵衛の前でそれを広げた。

正しく及川門十郎から松田新兵衛に宛《あ》てられたものであった。

その内容は、門十郎の狡猾《こうかつ》さが如実《にょじつ》に表れていた。

〝貴殿が門人お咲殿には　我が門人　黒木棉江と鉄砲洲の野において　武門の作法にのっとり　立合に及んで候……〟

などと始まり、その立合でお咲が思わぬ怪我をしてしまったゆえに、当方で預かり傷養生をさせている。ついては、御足労ながらお咲殿をお引き取り願いたい。またその折には、是非某と立合を願いたいが、あれこれ遺恨が残ってもいけないゆえ、何卒《なにとぞ》一人にて参られたしと続いていた。

つまり、お咲は預かった。返してもらいたければ、おれとの真剣勝負に応じろ
——。

そのように言ってきたのである。

落ち合う場所は、向嶋の吾嬬《あずま》大権現《だいごんげん》脇の茶屋〝むらい〟にて、刻限は明朝六ツ半（午前七時頃）とある。

「明朝、六ツ半か……。もう夜だ。それまでに茶屋の様子を調べるのは難しいな……」

やくざ者の喧嘩に身を投じた経験が物を言うのであろう。門十郎はなかなかに用心

深く、こちらに反撃の間を与えない。

「だが、その茶屋にお咲がいるとも思えぬ……」

新兵衛は何度も文を読み返しながら唸った。

「うむ、新兵衛の言う通りだ。文にはその茶屋で落ち合うとある。そこから場所を移すつもりでいるのかもしれぬな……」

栄三郎は考え直すと、

「明朝となれば、文を託《たく》した坊さんが、本当にここへ届けに入ったか見届けたはずだ……。又平！　棉江はまだこの辺りをうろついているかもしれねえぞ！」

思い立って、又平と棉江の顔を知っている門人とで手分けして道場の周りを走った。

しかし、そのことに思い当るのが遅かったようだ。棉江の姿はもうどこにもなかった。

とぼとぼと岸裏道場に戻ってみると、

「栄三郎、もうよい。おれが一人で行けば好いことだ……」

新兵衛は友の厚誼《こうぎ》に対して、にこりと笑いかけたかと思うと、稽古場の真ん中に出て、

「ええいッ！」

邪念を振り払うがごとく、裂帛《れっぱく》の気合で愛刀・水心子《すいしんし》正秀《まさひで》を抜き払い、宙を斬った。

# 八

翌日。

夜明けと共に、岸裏道場の門人・上本紀八郎は、体の痛みに堪えつつ、駕籠に乗り上本家の屋敷へと戻った。

これに上本家の若党と小者が付き添ったが、数人の相弟子が、少し離れたところから見守りつつ屋敷まで同道した。

及川門十郎が、松田新兵衛に果し合いを強いる文を送ってきた今、紀八郎に害を加えることはまずあるまいと思っての仕儀であった。

新兵衛は、まだ夜が明けきらぬうちから道場を出て、単身向嶋に向かった。

鉄砲洲の船宿から猪牙舟《ちょきぶね》を仕立てて、亀戸香取明神《かとりみょうじん》の北にある北十間川《きたじっけん》の岸に着けた。

そこからは吾嬬の森が広がる。

ここに、日本武尊《やまとたけるのみこと》の妃《きさき》・弟橘媛《おとたちばなひめ》を祀《まつ》った大権現社がある。

境内《けいだい》へ足を踏み入れると、冷やりとした朝の風が霊験を含んで心地《ここち》が好い。

ふと見ると、そこに樟《くすのき》が立っていた。地面から四尺（約一・二メートル）ばかりの高さから幹が二つに分かれている。

「これが連理《れんり》の神木《しんぼく》か……」

一つの根に二本の幹。男女の契《ちぎ》りの深さを表すという。

「よし……」

新兵衛はしばし連理の神木を見つめた後、目指す茶屋へと向かった。

〝むらい〟は境内を通り、川岸へと出たところに建っていた。

大きな百姓家のような造りで、中には広い土間があり、そこから入れ込みの座敷や、川岸の庭、離れ座敷などに分かれている。

離れの方は出合茶屋のような使われ方もしているのであろう。

今はまだ朝も早く、新兵衛が入ると、老爺《ろうや》一人が迎えてくれて、

「松田様でございますね。どうぞ、こちらでお待ちでございます……」

と、川岸の庭に案内してくれた。

そこには、緋毛氈《ひもうせん》が敷《し》かれた床几《しょうぎ》などが、所々に置かれていて、向嶋の美しい田園風景を愛《め》でつつ休息できるような趣となっていた。

しかし、今は遊客の姿はなく、一人の武士が立っている。

眉間の向こう傷ですぐにわかった。この武士こそ及川門十郎であった。

「お咲を引き取りに来た。まず渡してもらおうか」

新兵衛はぐっと門十郎を睨みつけた。

さすがである。異相の門十郎の不気味な圧迫に、まるで臆することがなかった。

「ここにはおらぬ」

門十郎は薄ら笑いを浮かべた。湊橋の上ですれ違った時からおもしろい奴だと思っていたが、こ奴となら立合うのも楽しかろう――。

斬り合いに明け暮れてきた門十郎には、新兵衛のような生死の境目に暮らす男との勝負は何よりの楽しみなのだ。

「ならば、お咲がいるところまで連れて行け」

血に飢えた獣と化した門十郎に、新兵衛は汚れたものを見るかのような目を向けて、眉《まゆ》ひとつ動かさずに言った。

「汝はおれを蔑《さげす》んでいるようだな。岸裏道場の門人を養生させてやっているのだ。礼のひとつも言わぬか」

門十郎は、新兵衛に憎しみの目を向けて応じたが、

「まずお咲の姿を見ぬうちは、おぬしの言うことには何も応えられぬ」

新兵衛は動じず、淡々と語った。

「そうか、ならばまず会わせてやろう。おれについて参れ。心配するな、ちょっとばかり足を痛めたが、三日もすれば元通りになろう」

門十郎もまた余裕の表情で新兵衛を見据えて促した。

「及川門十郎……、おぬしにひとつ訊いておく」

「何だ……」

「何ゆえおれと立合いたいのだ。おれをお咲の前で討つ……。それが妹の敵討ちになると思っているのか」

「それもあるが、おれは汝のように、剣客を気取り、澄まし顔で生きている奴を見ると血が騒ぐのだ」

「血が騒ぐゆえに真剣勝負を望むのか」

「その賢《さか》しらな顔を二つに断ってやりたくなる……」

「なるほど、武士に対する僻みか……」

「何だと……」

門十郎の新兵衛に向けられる憎悪の念が増幅した。

「おのれ、おれを蔑むか！」

芸者の子として生まれ、父の正妻から江戸を追われた身の引け目が、剣術を修める上で、どれほど門十郎の心を歪《ゆが》ませたことか。そこを新兵衛に衝《つ》かれ激昂《げっこう》したのだ。

「蔑んでなどおらぬ。その僻みがおぬしを強くした。そうであろう」

「まだほざくか……！」

思わず腰の刀に手をやった門十郎に、

「まずお咲の顔を見せろ。勝負はその後だ……」

新兵衛は低い声で言った。

既に相手の神経を乱す、新兵衛の勝負は始まっていたのである。

門十郎は舌打ちをしつつ新兵衛を連れて歩き始めた。

茶屋の表では、権現社境内の樟の木陰から、秋月栄三郎と又平が新兵衛が出てくるのを待っていた。

及川門十郎の要求通り、新兵衛はここまで一人できたが、門十郎が伏兵を用意しているかもしれなかった。

そうだといって、岸裏道場の門人がついていけば臆病《おくびょう》の誹《そし》りを受けかねない。

悩める門人達を宥め、

「おれが見守る……」

栄三郎はそっと彼らに耳打ちをして、ここまで来た。

これにいざという時の伝令を務めるため又平が付き従った。

見渡したところ、門十郎が助っ人を頼んだ気配はなかった。

この先は茶屋の内で落ち合った門十郎に連れられ、お咲を幽閉しているところへ向かうのであろう。

次はそれを密《ひそ》かに見届けるつもりの栄三郎であったが、新兵衛はいつまでたっても出てこなかった。

茶屋の調べが十分でないゆえにわからなかったのだが、この茶屋には裏を流れる古《ふる》綾瀬《あやせ》川に通じる船着き場があった。

それは、屋根に覆われていて一見すると外からは見えない造りになっているのだ。

しびれを切らした栄三郎は、又平を茶屋の内へと探りにいかせてこれを知り歯嚙みした。

「及川門十郎め、なかなかやる……」

門十郎もまた、新兵衛が伏兵を仕掛けてくるやもしれぬと、ここから密かに船に乗って出る段取りを組んでいたのだ。

「又平、ここからだと船で南へは行くまい。両岸に別れて北へ向かおう。その中《ちゆう》に戻り船を見かけたら、片っ端から船頭に声をかけてみよう」

それでも栄三郎は諦《あきら》めずに、新兵衛の足跡を求めた。

「だが又平、門十郎もつくづく馬鹿な野郎だ……。奴は、松田新兵衛を、気楽流という江戸じゃあそれほど名の売れてねえ剣術道場の、ただの師範代だと思ってやがる。その上に、奴はお咲を攫って新兵衛をとことん怒らせやがった。新兵衛は門十郎を斬る……。必ず、斬る……」

## 九

「そんなにわたしが憎うございますか……」

お咲は先ほどから棉江をじっと見つめていた。お咲は今、向嶋の四《よ》ツ木《ぎ》村の外れにある掘建《ほつた》て小屋にいて黒木棉江に見張られている。

明石町の〝大舟〟へ遣いに行った帰り道。

過日棉江を打ち破った松林で、お咲は不覚を取った。

性懲《しょうこ》りもなく棉江が現れ、またも木太刀での立合を望んだのだ。

「もうよしましょう……。これではきりがありませんし、互いに怪我をするだけです
……」

お咲はうんざりとして言ったものだ。

この時、お咲は棉江に負ける気がしなかったが、すっかりと面倒になっていた。

「このままで済むと思うたか。お前を打ち据え、お前の目の前で松田新兵衛を討つ
……」

棉江は不気味な笑いを浮かべて、お咲に木太刀を投げつけた。

「何ですって……」

お咲は松田新兵衛の名を出されてついに怒った。これが剣術に生きる者の定めというのならば、二度とこの狂った女が竹刀を持てぬようにしてやると覚悟を決め、木太刀を手に取り構えた。

「問答無用！」

そこへ棉江が打って出た。

お咲もこれを迎え撃たんと前へと出た。しかしその時、足許に二尺（約六十セン

チ）ばかりの棍棒《こんぼう》が旋回《せんかい》しながら飛んできて、お咲の足に絡んだ。

「うッ……！」

絡みつきつつ棍棒はお咲の右の脛《すね》を打った。その苦痛に体勢が崩《くず》れたところに、棉江が木太刀で足払いをかけ、倒れたお咲の鳩尾《みぞおち》を柄《つか》で打った。

そして、気がつくと、お咲は掘建て小屋の中に敷かれた莚《むしろ》の上に寝かされていた。

棍棒を投げた主が、及川門十郎であったのは言うまでもないが、お咲は自分が囚《とら》われの身になったことを悟り、油断を悔やんだ。

「お前か、おれの妹に小癪な真似をした大店《おおだな》の娘というのは……」

門十郎はお咲を脅しつけ、

「おれは、松田新兵衛を討つ。お前の剣術が、真剣勝負においていかに役に立たぬ、金持ちの道楽であるか、すぐに思い知らせてやる……」

そう言うとニヤリと笑った。

気丈なお咲もこの時ばかりは門十郎の凄みに怖気立った。

いかにして思い知らせるか――それは、お咲にとっての剣術のすべてである松田新兵衛を、目の前で討ち取ることであった。

松田新兵衛を殺すと言われては黙っていられない。

「松田先生が易々《やすやす》と討たれるはずがない……！」

お咲は健気にも恐れをかなぐり捨てて門十郎に叫んだ。

「黙れ！」

それを棉江が怒鳴りつけ、お咲の頬《ほお》に平手打ちをくれた。

「兄上は、一度たりとも後れを取ったことがない強いお方じゃ。卑しい商人の道楽に付き合うような男など敵ではないわ……」

棉江は吠《ほ》えた。彼女にとっての剣術もまた、兄・及川門十郎がすべてであったのだ。

それから棉江は武家の奉公人姿に身をやつし、果し状ともいうべき文を托鉢の僧に託けて、僧が岸裏道場に入るのを遠目に確かめた上で、再び小屋に戻ってきた。

「いよいよだ。夜が明けたらお前の想い人はここで死ぬ……」

棉江はお咲の前で新兵衛を再三こきおろした。棉江が出ている間、門十郎はお咲の前で、真剣で素振りをしてみせた。

〝びゅッ！〟という風を斬る音が響き、その凄まじさにお咲は新兵衛が本当に斬られてしまうのではないかという想いに陥り、その時は舌を噛んで死のうと覚悟を決めた。

門十郎によってお咲は追い込まれたが、彼女にとっての幸いは、その翌朝に新兵衛がここに現れるということであった。

この苦痛をもう一晩与えられたら、さすがのお咲も気が触れていたかもしれなかった。

お咲は名目上、立合による怪我の養生をしてもらっていることになっている。それゆえに縄の縛《いまし》めは受けていないが、打たれた足に添え木が施され縛《しば》りつけられている。

これでは満足に走ることもできないし、添え木を外す間に捕えられるというわけだ。

その中で、門十郎は棉江と昔話をよくした。

関東《かんとう》一円のやくざ者の一家に客分として迎えられ、喧嘩に明け暮れる門十郎に棉江は剣術を習った。

方々の風土の味わいと共に兄妹で過ごした日々が、世間から弾《はじ》き出された二人にとっては、好い思い出なのであろう。

町の芸者の腹から生まれてきた門十郎にとって、棉江に〝兄上〟と呼ばれる時が、何よりの安らぎだったようだ。

近田善二郎からは、別式女として暮らしていくのであれば、無頼の兄とは手を切るべきだと諭《さと》されたが、このような身の転変《てんぺん》においては兄だけが頼りである。

逆境の中生き延びてきた兄妹は、歪んだ愛情を育み、またあの日の旅暮らしに戻るつもりなのか——。

そして朝がきて、及川門十郎が松田新兵衛を連れてきた。

掘建て小屋の前は、薄《すすき》に囲まれた一画の広場を形成している。

お咲は棉江に伴われそれぞれへと出た。

「お咲……」

新兵衛は、お咲が無事なのを見て、太い息を吐いた。

「先生……。申し訳ございませぬ……」

巌《いわお》のような新兵衛の姿に触れ、不覚にもお咲は落涙した。

「何も言うな……。お咲、迎えにきたぞ……」

新兵衛の胸の内に熱い血潮《ちしお》が渦《うず》まいた。それはこの武骨者が初めて覚えた恋情《れんじょう》の爆発であった。

「汝が道場の門人は確かに引き渡す。だがその前に、おれと立合ってもらおう」

門十郎が、新兵衛とお咲の再会による慕情を消し去るがごとく、不気味な嗄《しわが》れ声で言った。

「是非もないか……」

新兵衛は祈るように見つめるお咲に、大事ないと頷いてから、門十郎に向き直った。

今、この薄野の一画にいるのは四人だけである。真剣勝負を拒んだとて、斬りかかってこられては避《さ》けようもない。

「どうせ汝は断れまい」

門十郎は新兵衛の心の内を読んで小さく笑った。

「妹の無念を晴らすためには、気にくわぬおれを斬らねばならぬか」

「人はそれぞれ、考え様が違うものだ」

ここへ来るまで、船上で、道すがら、何度となく交わされた言葉であった。

「ひとつ訊いておこう。おれが倒れた時、お咲をどうするつもりだ」

新兵衛が問うた。

「さて、その方の門人は怪我をしたゆえに預かっただけのこと。どうもこうもあるまい」

「解き放つというのだな」

「捕えた覚えはない。この者が汝の葬《とむら》いをしてくれよう。ただ……」

「ただ、何だ……」

「恋い慕う男が討たれたのだ。棉江、お前ならどうする」

「胸を突いてあとを追いまする」

棉江は薄ら笑いを浮かべた。新兵衛を倒した後はそのまま旅に出るつもりなのであろう。棉江は男装をして、腰には刀を帯びている。

「そうなったとて、おれの与《あずか》り知らぬことだ」

門十郎は棉江の応《いら》えを聞いて口許を綻ばせた。

「左様か……」

新兵衛は確信した。

――この者達は、お咲を殺すつもりだ。

それならば戦いようも考えねばならぬと、新兵衛は胆を決めた。

「女武芸者殿、おぬしはそれなる兄が討たれたとて、胸を突くことはない。恥の上塗りとなろうほどにな……」

新兵衛はまず棉江を怒らせた。

「おのれ……」

棉江の体が動いた。

その拍子に懐の内で鉄がぶつかる音がした。

棉江の懐の膨《ふく》らみが気になっていた新兵衛は、その懐の内に何本かの棒手裏剣《ぼうしゅりけん》が隠されていると気付いた。

尋常な真剣勝負とはいえ、見ている者はいない。いざとなれば、手裏剣を投げつけ、兄の危急を救うつもりなのであろう。

「ならば参る……」

新兵衛は、刀の下げ緒《お》で襷を十字にあやなした。

「よし……」

門十郎は袴の股立ちをとると、襷もかけずに向かい合った。どのような手を使ってでも勝利し、敗れるような事態になったとしても死を逃れる手立てなど幾通りもある。

それゆえ、自分には敗北がない。

斬り合いに身を置いてきた及川門十郎の目にはその自信があふれていた。

正邪両極の二人はついに向かい合った。

門十郎は、ゆっくりと刀を抜いて上段に構えた。

新兵衛は少し前へと足を踏み出しつつ、何と同時に腰の大小を抜き放った。

「二刀……」

門十郎はまさかの表情を浮かべた。しかも新兵衛は左手で大刀を抜き、右手で小刀を抜いていたのだ。

新兵衛は門十郎に考える隙を与えなかった。

「えいッ！」

驚いたことに、構えたかと思った刹那、新兵衛の右手から小刀が投げ放たれた。

「うむッ！」

まさかの奇襲に、門十郎は機先を制された。

飛来した小刀をかわしきれず、肩を切り裂かれたのである。

「おのれ……」

そして反撃の一刀を打ち込まんと構え直したが、その時すでに前へと躍り出た松田新兵衛の大刀は、逆胴に門十郎の腹をばっさりと斬っていた。

勝負は一撃にて決まった。すべてが迷いなき、電光石火の早業であった。

「兄上……」

血しぶきをあげて倒れた門十郎を呆然として見ていた棉江は、新兵衛に懐の棒手裏

剣を投げつける間もなく、

「死ね！」

逆上して正気を失い、腰の刀を抜くとお咲に斬りつけた。

しかし、咄嗟《とっさ》に新兵衛が投げつけた大刀が棉江の胸を貫いた。

「おのれ……、刀を投げおったな……」

棉江は何が起こったか信じられぬ体《てい》で新兵衛を睨みつけた。

「投げねば、お咲がお前に斬られていた……。おれはこの女を守るためならば、神仏をも斬る……」

新兵衛は静かに言った。

「兄上……。お情けない……」

棉江は、もはや事切れている及川門十郎へ声をかけると、そのまま崩れ落ちた。

「松田先生……」

凄まじい斬り合いをまのあたりにして、お咲はそれだけ言うのがやっとであった。

何よりも、豪快にして美しい剣技が身上の新兵衛が、自分のために情け容赦のない立合で二人を倒したことが切なかった。

「お咲……」

新兵衛は何と声をかけてよいやらわからず、刀を納めると、お咲を抱き抱えてゆっくりと薄野を後にした。

日頃は能弁なお咲も言葉を探した。新兵衛と二人になると、ときめきを超えた安らぎに包まれ、その心地好さにあらゆる言葉を失うのである。

やがて押し黙る新兵衛の顔が綻んだ。

やっとのことでこの場を探り当てた秋月栄三郎が、川辺から駆けてくるのが見えたのだ。

十

又平が前原弥十郎の許へ走り、事情を説明した上で及川門十郎、黒木棉江兄妹の亡骸《なきがら》の始末を頼んだ。

厄介なことだと怒りつつ、田辺屋からも、旗本三千石・永井家からも相応の礼が届けられる仕事を他の者に渡すわけにはいかない。

「まあ、及川門十郎を片付けてくれたのはありがてえ。落ち着いたところで、松田先生とお咲からは話を訊こう……」

こちらの方は秋月栄三郎の予想通りに話が進んだ。

あとは田辺屋にお咲を届けるだけである。

店の者には、向嶋の寮に遣いに出ていたとしてあったので、寮の帰りに岸裏道場で稽古をしたところ足を痛めてしまった――。

今日のところはその体にして、新兵衛と栄三郎がお咲を田辺屋へ送り届けることにした。

お咲も命の危険にさらされた後だけに、新兵衛に加えて栄三郎が付き添ってくれると帰り易かった。

宗右衛門、松太郎父子とて、お咲の無事もさることながら、新兵衛の無事な姿もその目で見ておきたいはずであった。

それぞれの感情の昂《たか》ぶりが、再会の場の会話を沈ませて、ぎこちないものにするのは目に見えていた。

それゆえに、栄三郎の存在がありがたいのである。

向嶋から戻る間も、お咲は興奮を抑えられず終始俯《うつむ》きながら涙ぐむばかりであったし、新兵衛もまた、女の棉江まで殺してしまった虚しさに襲われて、黙って見守るばかりであった。

栄三郎は、そんな新兵衛に代わって、お咲を道場に寄せつけなかった理由から、今にいたるまでの経緯をお咲に伝えたのだが、

「まずは、二人共に何事もなく、やれやれでござったな……」

田辺屋の奥座敷に通されると新兵衛と並んで座って、宗右衛門と松太郎を前にして明るい声で言った。

「信じてはおりましたが、松田先生……。よくぞ娘を取り戻して下さいました……」

いつに変わらぬ栄三郎の少しおどけた物言いにほっとしたのか、宗右衛門の目も潤んでいた。

こんなことがあっただけに、お咲のこれからをどうするかなど、この機会に話さなければいけないのであろうが、宗右衛門はまず今日のところは祝いの酒に酔い、昨日からの悪夢を取り除きたかった。

「今日は何卒、お付き合い下さりませ……」

栄三郎はにこやかに頷き、

「あれこれと語る前に、まず厄落しと参ろう。それが何よりですよ」

一同を見廻した。酒が入り気持ちも少しほぐれれば、そこからが栄三郎の独壇場で、この先もお咲の想いが叶《かな》えられるように持っていってやることも出来よう。

しかし、ただ一人厳しい顔付きを崩さない松太郎が、

「その前に、松田先生にお話ししたいことがございます」

と、思いつめたように言った。

「松太郎、今は控えなさい」

宗右衛門が窘《たしな》め、

「兄さん、今度のことはわたしが……」

お咲も縋《すが》るような目を向けたが、

「どうしても話しておきたいのです……！」

松太郎は力強く言った。

「遠慮はいらぬ……。何なりと申されよ……」

新兵衛は落ち着いて応えた。

何を言い出すのだと宗右衛門は気が気でなかったが、松太郎の新兵衛を見る目は澄み渡っていた。

「このところ、わたしは父に逆らい、お咲に松田先生のことは思い切るようにと迫り、お咲に縁談を持ちかけようともしました。そのことは先生のお耳に届いておりましょうか……」

松太郎はちらりと栄三郎に目を遣《や》ってから問うた。そのあたりのことは秋月栄三郎から報されているはずだと言いたげであった。

「聞き及んでいる……」

新兵衛はしっかりと頷いた。

「どう思われました……」

「松太郎殿は妹想いだと……」

「そのようなことはどうでもよろしゅうござります！　先生は、お咲がどこぞへ嫁《とつ》いだとて、何も思われないのでございますか。それをお訊きしとうございます」

松太郎はさらに言葉に力を込めた。

新兵衛はしばしの沈黙の後、

「寂しいことだと思った……」

にこやかに応えた。

松太郎の顔にも笑みが浮かんだ。

「左様でございましたか。それならば、わたしがお咲に嫌われた甲斐《かい》もありました」

「兄さん……」

お咲は目を丸くした。松太郎は自分の縁談を立ち上げることで、いつまでも進まぬ、妹の恋路に風穴を開けようとしていたのだと、今気付いたのである――。

「さらに申し上げます……」

松太郎は続ける。

「寂しい想いはお咲とて同じでございまする。もう何年も先生をお慕い申し上げながら、剣術の他に先生のお傍にいられる術《すべ》がないとは余りに不憫《ふびん》にございます……」

「いや、それは違う」

新兵衛はお咲を見てから、松太郎に真っ直《ます》ぐな目を向けた。

「合縁奇縁《あいえんきえん》と申して、人と人とは不思議な縁で繋がっているものだ。そして、剣術を通してしか、心を通わせる術のない朴念仁も世にはいるのだ」

「ふふふ……。その通りだな。だが朴念仁も恋をするものだ」

栄三郎は、この折にお咲への自分の想いを伝えんとして苦闘する新兵衛の想いを見てとってこれを守《も》り立てた。

「恋をしたゆえ、こ度のようなことが起こるのを恐れて傍へ近づけられないでいた。新兵衛、言い逃れはできぬぞ。そうだな」

新兵衛は大きく頷いた。

田辺屋親子三人の顔がそれぞれ輝いた。

新兵衛は、三人の顔を見回すと、

「だが、こ度のようなことが起きた。この先も起こるやもしれぬ。ならば、むしろもっと傍にいた方が守り易い。宗右衛門殿、松太郎殿、お咲を我が妻としてもらい受けとうござるが、いかがでござろう」

一気に言い放った。もう随分と長い間、吐き出せずにいたこの言葉を――。

「あ、あ……」

お咲は驚いて、まじまじと新兵衛の顔を見たが、見開いた目からはどっと涙がこぼれ落ちた。

娘の涙に、あたふたとして、

「何卒、何卒、よろしゅうお願い申し上げまする……」

平伏する宗右衛門の声も震えていた。

松太郎は満面に笑みを浮かべてお咲を見ると、父に倣《なら》って平伏した。

「わたしなどが……。わたしなどが……」

何度もその言葉を繰り返すお咲に、新兵衛はしっかりと向き直った。

「今朝、吾嬬の社《やしろ》で連理の御神木を見た。根はひとつであるが、幹が二つに分かれている。そなたとはかくありたいと思った時、たとえ地獄に堕《お》とされようが、そなたをどんな手を使ってでも助け出す。そう心に誓ったのだ」

「貴方様《あなた》が地獄に堕ちるならば、わたくしもお供をして、一緒に鬼達を相手に戦います……」

やっとのことに応えるお咲は幸せであった。

「うむ、それでこそお咲だ。幾久しゅう頼む」

しばし一間は涙に濡れて、それが乾くまで時が流れた。

「次は松太郎、お前の嫁取りだ」

やがて気持ちが落ち着くと、宗右衛門は息子の成長に目を細め弾むように言った。

「はい」

素直に応える松太郎に、お前が嫁をもらえばわたしは隠居をしよう——そう言ってやりたくて仕方がなかったが、それはまたの折にと、

「それにしても、この話を一刻も早く岸裏先生にお伝えしなければなりませんねえ……」

宗右衛門は、旅に出たままの岸裏伝兵衛に想いを馳せた。

「何、すべて事が収まった頃に戻ってくる……。岸裏先生はそういう御方ですよ……」

栄三郎は、恥ずかしそうに見合う新兵衛とお咲を眺めつつ、溜息交じりに言った。

栄三郎の言う通りであった。その三日後に、岸裏伝兵衛はふらりと江戸に戻ってきたのであった。

一〇〇字書評

切・り・取・り・線

| **購買動機**（新聞、雑誌名を記入するか、あるいは○をつけてください） | |
|---|---|
| □（　　　　　　　　　　　　　）の広告を見て | |
| □（　　　　　　　　　　　　　）の書評を見て | |
| □ 知人のすすめで | □ タイトルに惹かれて |
| □ カバーが良かったから | □ 内容が面白そうだから |
| □ 好きな作家だから | □ 好きな分野の本だから |

・最近、最も感銘を受けた作品名をお書き下さい

・あなたのお好きな作家名をお書き下さい

・その他、ご要望がありましたらお書き下さい

| | | | | | |
|---|---|---|---|---|---|
| 住所 | 〒 | | | | |
| 氏名 | | 職業 | | 年齢 | |
| Eメール | ※携帯には配信できません | | 新刊情報等のメール配信を 希望する・しない | | |

この本の感想を、編集部までお寄せいただけたらありがたく存じます。今後の企画の参考にさせていただきます。Eメールでも結構です。

いただいた「一〇〇字書評」は、新聞・雑誌等に紹介させていただくことがあります。その場合はお礼として特製図書カードを差し上げます。

前ページの原稿用紙に書評をお書きの上、切り取り、左記までお送り下さい。宛先の住所は不要です。

なお、ご記入いただいたお名前、ご住所等は、書評紹介の事前了解、謝礼のお届けのためだけに利用し、そのほかの目的のために利用することはありません。

〒一〇一－八七〇一
祥伝社文庫編集長　坂口芳和
電話　〇三（三二六五）二〇八〇

祥伝社ホームページの「ブックレビュー」からも、書き込めます。

http://www.shodensha.co.jp/bookreview/

祥伝社文庫

合縁奇縁《あいえんきえん》　取次屋栄三《とりつぎやえいざ》

平成26年12月20日　初版第1刷発行

著　者　岡本《おかもと》さとる
発行者　竹内和芳
発行所　祥伝社《しょうでんしゃ》
東京都千代田区神田神保町3-3
〒101-8701
電話　03（3265）2081（販売部）
電話　03（3265）2080（編集部）
電話　03（3265）3622（業務部）
http://www.shodensha.co.jp/
印刷所　錦明印刷
製本所　積信堂
カバーフォーマットデザイン　中原達治



Printed in Japan ©2014, Satoru Okamoto　ISBN978-4-396-34083-4 C0193

# 祥伝社文庫の好評既刊

岡本さとる　**浮かぶ瀬**　取次屋栄三⑦

神様も頬《ほお》ゆるめる人たらし。栄三の笑顔が縁をつなぐ！　取次屋の心にくい〝仕掛け〟に、不良少年が選んだ道とは？

岡本さとる　**海より深し**　取次屋栄三⑧

「キミなら三回は泣くよと薦められ、それ以上、うるうるしてしまいました」女子アナ中野佳也子《なかのかやこ》さん、栄三に惚れる！

岡本さとる　**大山まいり**　取次屋栄三⑨

ほろっと来て、笑える！　極上の人生劇場。涙と笑いは紙一重。栄三が魅せる〝取次〟の極意！

岡本さとる　**一番手柄**　取次屋栄三⑩

どうせなら、楽しみ見つけて生きなはれ。じんと来て、泣ける！〈取次屋〉誕生秘話を描く初の長編作品！

岡本さとる　**情けの糸**　取次屋栄三⑪

断絶した母子の闇を、栄三の取次が明るく照らす！　どこから読んでも面白い。これぞ読み切りシリーズの醍醐味。

岡本さとる　**手習い師匠**　取次屋栄三⑫

栄三が教えりゃ子供が笑う、まっすぐ育つ！　剣客にして取次屋、表の顔は手習い師匠の心温まる人生指南とは？

# 祥伝社文庫　今月の新刊

夢枕　獏
**新・魔獣狩り12&13**　完結編・倭王《わおう》の城 上・下
総計450万部のエンタメ、ついにクライマックスへ！

加治将一
**失われたミカドの秘紋**
エルサレムからヤマトへ――「漢字」がすべてを語りだす！
ユダヤ教、聖書、孔子、秦氏。すべての事実は一つの答えに。

南　英男
**特捜指令　射殺回路**
老人を喰いものにする奴を葬り去れ。超法規捜査始動！

辻堂　魁
**科《しな》野《の》秘帖**　風の市兵衛
宗秀を父の仇と狙う女。市兵衛は真相は信濃にあると知る。

岡本さとる
**合《あい》縁《えん》奇《き》縁《えん》**　取次屋栄三
愛弟子の一途な気持は実るか。ここは栄三、思案のしどころ！

小杉健治
**まよい雪**　風烈廻り与力・青柳剣一郎
佐渡から帰ってきた男たちは、大切な人のため悪の道へ……。

早見　俊
**横道《よこみち》芝居**　一本鑓《やり》悪人狩り
男を守りきれなかった寅之助。悔しさを打ち砕く鑓が猛る！

今井絵美子
**眠れる花**　便り屋お葉日月抄
人生泣いたり笑ったり。江戸っ子の、日本人の心がここに。

鈴木英治
**非道の五人衆**　惚れられ官兵衛謎斬り帖
伝説の宝剣に魅せられた男たちの、邪な野望を食い止めろ！

野口　卓
**危機**　軍鶏侍
園瀬に迫る公儀の影。軍鶏侍は祭りを、藩を守れるのか!?